Carène Ponte

Lauréate du Prix e-crire aufeminin, Carène Ponte est aussi l'auteur du blog Des mots et moi. Après *Un merci de trop* (2016), elle publie *Tu as promis que tu vivrais pour moi* (2017), *Avec des Si et des Peut-être* (2018), *D'ici là, porte-toi bien* (2019), *Et ton cœur qui bat*... ainsi que *Vous faites quoi pour Noël ?* (2019) et *Vous faites quoi pour Noël ? « On se marie ! »* (2020), tous chez Michel Lafon. *La lumière était si parfaite* et *Vous reprendrez bien un peu de magie pour Noël ?* paraissent en 2021 chez Fleuve Éditions. L'ensemble des ouvrages de Carène Ponte est repris chez Pocket.

UN MERCI DE TROP

ÉGALEMENT CHEZ POCKET

UN MERCI DE TROP
TU AS PROMIS QUE TU VIVRAIS POUR MOI
AVEC DES SI ET DES PEUT-ÊTRE
D'ICI LÀ, PORTE-TOI BIEN
VOUS FAITES QUOI POUR NOËL ?
ET TON CŒUR QUI BAT…
VOUS FAITES QUOI POUR NOËL ?
« ON SE MARIE ! »

CARÈNE PONTE

UN MERCI DE TROP

Pocket, une marque d'Univers Poche,
est un éditeur qui s'engage pour la préservation
de son environnement et qui utilise du papier fabriqué
à partir de bois provenant de forêts gérées
de manière responsable.

ISBN : 978-2-266-27291-9

À Benoît, Nathan et Erin.
Avec vous, pour vous et grâce à vous.

Prologue

Moi, c'est Juliette. Le prénom d'une héroïne romantique au courage incroyable, mais aussi d'une fille insignifiante, à la vie morne et sans intérêt. Et c'est la vie de cette Juliette-là que je mène. Elle n'a rien de romantique, rien d'extravagant surtout. Être dans le moule et y rester.

D'aussi loin que je me souvienne, j'ai toujours été une petite fille modèle. Ma mère ne cessait de vanter mes mérites auprès de toutes les voisines du quartier. Sa petite Juliette était si sage, si obéissante. Elle n'avait jamais besoin d'élever la voix, *elle*.

Je jouais tranquillement dans ma chambre. Je ne faisais pas de bruit, pas de caprices. Je mangeais de tout, je terminais mon assiette. J'allais me coucher quand on me le demandait. Je rangeais ma chambre. Que demander de plus ?

J'étais celle que ma mère voulait que je sois. Je lui faisais plaisir et, en retour, elle m'aimait. Voilà, c'était aussi simple que ça. La petite fille parfaite, aux cheveux longs séparés en deux nattes impeccables et aux souliers vernis. Une vraie caricature.

Je voulais faire de la natation. Ma mère trouvait que la danse c'était mieux pour une fille, j'ai donc fait de la danse. Pareil pour la musique : je rêvais de jouer de la guitare, j'ai appris le violon.

Ça peut paraître un peu triste présenté comme ça, mais en fait j'étais heureuse. Enfin, je crois. Mes parents étaient fiers de moi et j'ai le souvenir qu'à l'époque cela me suffisait.

Quand je voyais mes copines qui étaient régulièrement punies pour ceci ou pour cela, et que je les entendais maudire leurs parents qui ne les comprenaient pas, je me disais même que j'avais de la chance. Moi je n'étais jamais punie.

L'enfance est une période au cours de laquelle on se satisfait en général de ce que l'on a. Le lendemain n'a pas tellement d'importance, ni de sens. On n'a pas réellement conscience que l'on pourrait vivre une autre vie.

Mais l'enfance ne dure pas éternellement. Un jour on grandit. Un jour on en a assez des couettes et des souliers vernis. Un jour on a envie de se rebeller. On a envie d'une paire de rangers et d'une coupe à la garçonne. On a envie de crier, de hurler même, qu'on se sent à l'étroit.

Je n'ai pas échappé à la règle. Mais les habitudes, les sourires, les « oui maman », « merci maman », « tu as raison maman » ont été plus forts que mon désir de rébellion.

Je suis donc restée à l'étroit, j'ai fait taire les aspirations de la Juliette qui sommeillait en moi pour rester la Juliette que tout le monde connaissait.

Question ego ce n'était pas terrible, mais c'était sécurisant. La voie était toute tracée : je ferais les études que l'on me conseillerait, j'aurais un métier tranquille. Une petite vie sans remous. Et mortellement ennuyeuse. Comme celle de mes parents.

Je ne me sentais pas à la hauteur de mes rêves. Pourtant j'en avais quelques-uns. Enfin un, surtout. Écrire. Je rêvais de devenir écrivain, de raconter des histoires, de voir mon nom inscrit sur la couverture d'un roman. Comme ceux qui s'entassaient sur la moquette de ma chambre et que je lisais avec avidité. J'aurais dû faire des études de lettres, j'ai obtenu un diplôme de gestion. « Ça t'aidera à trouver un emploi », m'assurait ma mère. Comme toujours je n'ai pas osé me rebeller, pour ne pas la décevoir.

Assistante de gestion, c'était excitant comme l'avancée d'un escargot sur une feuille de salade certes, mais ce n'était pas le bagne.

« Regarde, Juliette, tous ces gens qui ne trouvent pas de travail, me répétait ma mère pour me conforter dans cette idée. Tu as bien fait de m'écouter. »

Oui maman. Merci maman. Heureusement que tu es là maman.

Je ne portais plus de couettes et mes pieds étaient désormais chaussés de bottines à talons, noires bien entendu, mais j'étais restée cette petite fille sage. Et, adulte, j'étais aussi celle dont on ne se souvenait jamais vraiment…

— Tu te rappelles la petite stagiaire qui a travaillé ici le mois dernier ? Comment elle s'appelait, déjà ?

— Celle qui portait toujours un pantalon noir ?

— Je ne sais pas… Tu sais, celle qui ne disait jamais rien en réunion.

— Aurélie ?

— Non, un prénom en « ette », je crois. Henriette ? Bernadette ?

C'est Juliette, en fait… Mais qu'importe. En plus, mon deuxième prénom c'est Bernadette, ça tombe bien ! C'était mon arrière-grand-mère. L'héroïne de la famille, une femme dévouée corps et âme à sa famille.

Bref, à presque trente ans ma vie se résumait à… on va dire à pas grand-chose. C'est ça. À un rêve enfoui. À une personnalité effacée. À des « merci » et « excuse-moi » en veux-tu en voilà. À des pantalons noirs et des pulls gris. À des pantalons gris et des pulls noirs. À des queues-de-cheval et un soupçon de gloss les soirs de repas de famille.

On dit qu'il n'est jamais trop tard. Que l'on peut toujours devenir celle que l'on est réellement. Que l'on peut croire de nouveau en ses rêves. Et si c'était vrai ? Hein, Marc Levy ?

Et si, un jour, moi aussi, je cessais de dire « merci » ?

– 1 –

Assise dans le bureau de ma nouvelle responsable, je l'écoute m'exposer sa « vision » du service. Ce qu'elle voudrait changer. Ce qu'elle va mettre en place. Ce qu'elle attend de l'équipe. J'essaie de me concentrer, de faire mine de m'intéresser en ponctuant ses phrases de hochements de tête. Je me donne du mal. Et franchement ce n'est pas facile, tout ce bla-bla manque tellement de profondeur, au contraire de son décolleté d'ailleurs.

Kathy a été promue il y a à peine huit jours et elle a déjà oublié d'où elle venait. Elle a surtout oublié que c'est *moi* qui l'ai formée. Que c'est moi qui lui ai tout appris. Curieusement, depuis une semaine, son look aussi a changé. Plus court, beaucoup plus court. Une tunique en guise de robe, ça permet de faire des économies, peut-être qu'elle a des problèmes d'argent. Étrange…

— Ce qui est bien, avec toi, Juliette, c'est que tu es sans surprise. Je sais que quoi qu'il se passe tu resteras lisse. Comme toujours.

— …

— C'est important d'avoir dans une équipe une

personne qui n'est pas dévorée d'ambition. Qui ne ressent pas le besoin d'évoluer. Qui se satisfait de son petit train-train. Je crois que je t'admire un peu pour ça. Au moins tu n'es pas stressée, toi. Je t'envierais presque.

Et sur ces paroles blessantes, elle éclate de rire. Un rire haut perché. Comme ses chaussures. Un peu trop fort aussi. Et un peu faux.

— Euh… Merci…

Elle me dit qu'elle est contente que nous soyons sur la même longueur d'onde puis me congédie.

— Je te laisse retourner à tes petits dossiers, moi il faut que je m'occupe de l'affaire Gasler. Ce type est insupportable. Je le soupçonne aussi d'être un peu bête. Tu as de la chance de ne pas être à ma place, tu sais. C'est incroyable ce qu'il me faut endurer. Enfin c'est comme ça… Il faut bien qu'il y ait des gens pour faire le boulot, comme on dit. Parce que, ce qui est sûr, c'est que ce n'est pas toi qui vas le faire !

Et de nouveau elle éclate de rire. Elle doit se croire très drôle. Je devrais peut-être lui suggérer de se lancer dans le one-woman show.

De retour dans mon bureau, je m'assois et rallume mon ordinateur.

« Merci ».

Le seul mot que j'ai trouvé à dire… Pire réaction, ça n'existe pas ! Enfin si, j'aurais pu dire « merci » *et* « heureusement que tu es là ». Je me connais, j'en aurais été tout à fait capable.

Alors que j'aurais pu lui répondre tellement d'autres choses ! J'aurais pu lui rétorquer, en restant polie, que si elle avait obtenu cette promotion, c'était uniquement parce que je n'avais pas osé me positionner.

J'aurais pu lui rappeler que, sans mon soutien sur le dossier Gaspard, il n'aurait même pas été question de promotion. Et conclure par un magistral : « Et puis, tu feras attention, tu as une tache sur ta robe. Ah mais non, c'est vrai, tu as oublié d'en mettre une ! » Et sur ces mots, j'aurais quitté le bureau telle une Cléopâtre, la tête haute.

Hélas ! tout ce qui est sorti de ma bouche, c'est ce « merci » pathétique…

Une fois de plus, les mots sont restés bloqués au fond de ma gorge. Juste avant les cordes vocales, manifestement parties en vacances.

Bonjour, je m'appelle Juliette, j'ai trente ans et je suis une trouillarde.

Pourquoi est-ce que je m'étonne ? Depuis toute petite je suis comme ça. En maternelle déjà je restais bien sagement assise sur le banc pendant les récréations. J'avais peur de trouer mes collants et de me faire disputer par ma mère. Alors que, soit dit en passant, mes collants à motif écossais auraient bien mérité un petit trou, rien que pour les punir d'exister. Non mais sérieusement, à quoi pensent les parents ?! Si un jour j'ai une fille, je jure solennellement de bannir l'écossais de son armoire !

Lorsque Romain Duval me volait mes goûters, je n'osais rien dire. Pire. Je le plaignais. De ne pas en avoir. Gentille Juliette, affamée, mais le cœur sur la main.

« Merci… »

Finalement c'est moi qui suis pathétique. Comment ai-je pu en arriver là ? Comment est-ce possible d'avoir aussi peu de repartie ? En plus, « merci », ça ne fait même pas beaucoup de points au Ruzzle[1].

Je n'en peux plus de cette Juliette ! Si je la rencontrais, elle m'énerverait au plus haut point, c'est certain.

— Au fait, Juliette, tu penseras à poser sur mon bureau le compte rendu de la réunion de ce matin. Pour 17 heures. J'en ai besoin pour le comité de direction.

Si tu savais ce que j'en ai à faire de ton compte rendu. Si tu savais où tu peux te le mettre…

— Bien sûr, Kathy. Ce sera fait. Sans faute. Je m'y mets tout de suite.

Pathétique. Affligeant. Désespérant.

Même ce boulot chez Publicize, une petite agence de communication, je l'ai pris parce que j'ai eu peur. Peur de ne pas être capable de faire ce que j'avais vraiment envie de faire. Peur de ne pas avoir assez de talent.

17 h 30. Je range mon bureau et remballe mes affaires, ce qui se résume à mettre mon téléphone portable dans mon sac. Je prends l'ascenseur. Je

1. Comment, vous ne connaissez pas le Ruzzle ?! Ce jeu addictif où l'on essaie toutes les combinaisons de lettres possibles et imaginables pour former des mots. Comment ça, « helotopidite », ça n'est pas un mot ? Pffffff…

me regarde dans la glace. Mon reflet m'effraie. C'est comme si je me voyais pour la première fois. Transparente. Voilà ce que je suis. Comme si je faisais tout pour être invisible. Sans odeur, sans saveur. Lisse. Ce qualificatif qui ce matin m'a tellement vexée est finalement celui qui me définit le mieux.

Des cheveux châtains tirés en arrière et coiffés en queue-de-cheval. Des barrettes pour retenir les mèches qui pourraient avoir l'audace de s'en échapper. Pas de maquillage pour faire ressortir mes yeux bleus. Un tailleur-pantalon noir. Des chaussures noires évidemment. Difficile de faire plus passe-partout.

Pourtant, je ne suis pas comme ça. Je le sais. Je le sens. Il y a au fond de moi, bien caché, le désir d'autre chose. Le désir d'affirmer qui je suis vraiment. Le désir d'une vie passionnée, pleine d'imprévus. Le désir d'oser aborder l'homme que je croise tous les jours dans le hall de mon immeuble. De lui dire qu'il me plaît. Le désir de tout quitter. Le désir de me laisser aller. De ne plus avoir peur.

Le désir de dire à Kathy qu'elle devrait songer à se couvrir un peu plus si elle ne veut pas prendre froid.

Et si c'était aujourd'hui ? Et si ce « merci » était le merci de trop ? Le dernier ? Et si pour une fois je laissais remonter à la surface cette petite voix qui s'est tue depuis toutes ces années ? Et si je la laissais prendre du service ? Qu'est-ce que je risque ? Sinon d'être heureuse. Enfin.

Se lancer ou ne pas bouger ? Tenter de réaliser son rêve ou mourir à petit feu ? Devenir soi ou rester quelqu'un d'autre ? Autant de questions qui tournent dans ma tête.

Tout le long du trajet retour jusque chez moi, je suis envahie par l'excitation. Et pour une fois, je ne tente pas de la réprimer. Pour une fois je lui laisse le champ libre. Je suis aussi morte de trouille. On ne se refait pas comme ça. Mais je sais que je ne veux plus être cette fille dont j'ai aperçu le reflet dans le miroir de l'ascenseur. Je ne veux plus être celle qui dit « merci » alors que le mot juste aurait été « pétasse ».

Je me gare.

Tiens, si je croisais mon bel inconnu ? Oserais-je lui sourire ? Sans rougir ni trébucher…

Je traverse le hall. Personne en vue. Je ne peux m'empêcher d'être déçue mais je me raisonne. Une chose à la fois. C'est décidé, ce « merci » d'aujourd'hui sera le dernier. À partir de maintenant, la vraie Juliette va sortir de sa coquille.

J'enlève mon manteau et le pose sur une chaise. Comme toujours la vision de mon intérieur me détend. J'ai choisi chaque meuble, chaque objet avec soin pour créer une ambiance cosy et chaleureuse. Des tapis moelleux. Des rideaux aux fenêtres. Un canapé en velours violet. Des cadres photo sur les murs. Des lampes. Beaucoup de lampes. Je déteste la lumière crue des plafonniers.

Je me sers un verre. Dans les films américains, ce serait un verre de chardonnay. Mais comme on n'est pas dans un film, c'est un verre de Coca light. C'est moins classe, mais plus désaltérant.

Allez, ma petite Juliette, ne te dégonfle pas. Respire un bon coup et vas-y.

J'attrape un stylo et un bloc-notes, j'enlève mes bottines et m'assois en tailleur sur le canapé. Je détache mes cheveux et avale une gorgée de mon faux chardonnay.

« Chapitre 1 »...

– 2 –

Troisième cahier et je n'ai toujours rien écrit de bon. Je suis désespérée. Qu'est-ce qui m'a pris de croire que j'étais capable d'écrire un roman ? Ça se saurait si j'avais un minimum de talent ! Bonjour, je m'appelle Juliette et je suis complètement nulle. Et maintenant je n'ai même plus de boulot. Nulle et chômeuse donc. Depuis un mois.

Je revis sans cesse la scène de mon dernier jour chez Publicize.

— Je trouve incroyable que tu ne m'aies pas prévenue de l'appel de Richard Gasler et que tu te sois permis de transmettre directement le message à François. Qu'est-ce que tu cherchais ? À me doubler ?

Kathy se tient face à moi, devant mon bureau, furieuse. Elle me toise du haut de ses douze centimètres de talons et de sa microjupe en similicuir noir.

— Euh… Mais non… Je…

— Je sais bien ce que tu penses : que je n'ai pas les compétences pour ce poste. Mais, que cela te plaise ou non, c'est moi qui suis responsable aujourd'hui et pas toi. Je croyais pouvoir au moins compter sur ta loyauté, je vois que je me suis trompée.

— Il m'a semblé plus rapide de transmettre directement les informations. Je n'ai pas voulu te court-circuiter, je t'assure.

— À d'autres ! Je n'y crois pas une seconde. Je veux te voir demain à 17 heures pour envisager les suites à donner à cet incident. Tu comprendras que je ne peux pas laisser passer ça. Il en va de ma crédibilité vis-à-vis des collègues.

Je n'en reviens pas. Soudain, pourtant, sans prévenir, les mots se mettent à sortir de ma bouche…

— Pardon ? Tu plaisantes, j'espère ?

— Absolument pas.

— Tu envisages de me sanctionner parce que je ne suis pas passée par toi ? Moi qui t'ai tout appris ? Moi grâce à qui tu es à cette place aujourd'hui ? C'est une blague, ce n'est pas possible autrement…

C'est là que j'aurais dû m'arrêter, mais c'est comme si tout ce que je retenais à l'intérieur de moi depuis des années était devenu trop lourd à porter. Comme une casserole que l'on ne surveille pas et qui finit par déborder.

— Et, puisque tu abordes le sujet, ma chère Kathy, je crois en effet que tu n'as pas les compétences requises pour ce poste. Tu peux toujours raccourcir ta jupe pour détourner l'attention. Mais cela ne durera qu'un temps. Et vu sa longueur aujourd'hui, je crois que tu es à court d'arguments. À moins de venir en culotte demain ! Sur ce, regarde-moi bien, je vais me lever, rassembler mes petites affaires et rentrer chez moi. Voilà ! Pour ce qui est de demain 17 heures, inutile de m'attendre. Avec ou sans jupe. Tu recevras ma démission à la première heure.

Dans le couloir menant à la sortie, mille fois j'ai pensé aller m'excuser. Je tremblais comme une feuille. 90 % de détermination, 10 % de peur. Ou plutôt 10 % de détermination, 90 % de peur. Mais j'ai tenu bon.

C'est ainsi que j'ai quitté Publicize, la société dans laquelle je travaillais depuis cinq ans.

Quelle mouche m'avait piquée ? Un mois plus tard, je ne m'explique toujours pas ma réaction. J'avais pourtant trente ans d'entraînement. J'étais au niveau 735 du Candy Crush de la fille lisse et sans histoire. Ça ne devait pas être suffisant.

Et maintenant, ce satané roman que je n'arrive pas à commencer… Tout ça pour ça ? Réfléchis, Juliette ! Tu étais douée pour les rédactions, et tu as toujours rêvé de devenir écrivain. Alors c'est le moment de prouver que tu es capable de faire quelque chose de ta vie !

Le crayon dans la bouche, je lève les yeux et cherche l'inspiration sur mon plafond. Peut-être qu'entre deux fissures je trouverai un début de commencement d'idée. Mais à part une toile d'araignée dans un coin, rien. Le plafond demeure désespérément muet et vide. Comme mon cerveau. Je me cale au fond de ma chaise et soudain, sans que je puisse faire quoi que ce soit pour me retenir, je bascule. Aïe ! Le sol : 1. Juliette : 0. Moi qui croyais ne pas pouvoir tomber plus bas…

Je me sens pitoyable.

Je crois que pour aujourd'hui il ne sert à rien de s'acharner.

Je suis sur le point de soigner mon désespoir avec une tablette de chocolat au lait et aux noisettes lorsque la sonnerie de mon portable retentit.

— Allô ?

— Juliette, c'est moi, je te dérange ?

C'est Nina, ma meilleure amie. Nous avons fait la même école de commerce et, malgré nos caractères opposés, nous sommes rapidement devenues inséparables.

Je me souviens de notre rencontre comme si c'était hier. J'étais en retard pour le premier cours de l'année, un cours de fiscalité qui me faisait envie comme un plat de choux de Bruxelles. J'avais cherché désespérément la salle dans ce bâtiment que je ne connaissais pas et qui était tellement plus grand que le lycée de la petite ville d'où je venais. La seule place restante se trouvait au premier rang, forcément. Je m'étais aussitôt sentie minable à côté de ma voisine, une grande blonde au brushing impeccable. Ma tenue de camouflage jean-pull noir m'avait semblé tellement fade par rapport à sa robe vert anis et son cardigan blanc. Tout en elle respirait l'assurance et la détermination. Je l'avais d'emblée secrètement détestée mais, fidèle à moi-même, je lui avais souri.

Puis nous avons appris à nous connaître et j'avais rapidement découvert que c'était une fille adorable. J'admirais son sens de la repartie, son ambition qui me faisaient cruellement défaut. Et nous gloussions pour tout et n'importe quoi.

Aujourd'hui, elle est mariée et mère de ma filleule adorée, Lily, une jolie petite poupée de six mois.

D'assistante de direction, elle est passée à maman en congé parental avec une facilité déconcertante, comme toujours. Martin, son mari, est directeur commercial dans le secteur du nettoyage industriel. Flop glamour, mais top stabilité.

En fait, la vie de Nina est l'exact opposé de la mienne.

Il faut dire que je n'ai même pas de mec, alors ce n'est pas demain la veille que je serai maman. D'ailleurs je ne sais même pas si j'ai envie d'un enfant. Bien sûr Lily est craquante, je l'adore, mais c'est surtout parce que je peux la rendre à sa mère dès qu'elle se met à pleurer…

— Mais non, tu ne me déranges jamais, Nina. Pour être honnête, depuis que j'ai fichu ma vie en l'air, je n'ai pas grand-chose à faire de mes journées. J'envisageais d'ailleurs de sauter par la fenêtre au moment où tu as appelé.

— Ton appartement est au rez-de-chaussée, je te rappelle, donc à part être ridicule tu ne risques pas grand-chose !

— Ton soutien est un vrai bonheur…

— Arrête, tu sais bien que je te charrie. Tu as pris la bonne décision en démissionnant. Ce boulot, ça n'était pas pour toi. Et cette arriviste de Kathy, il était temps que tu lui dises ses quatre vérités. Cela ne fait qu'un mois, ma belle, il faut que tu te fasses à l'idée. Et ton roman ? Je te lis bientôt ?

— J'écris non-stop depuis deux jours, je ne veux pas m'avancer mais je sens que je tiens un chef-d'œuvre…

— C'est vrai ?

— À ton avis ? Bien sûr que non ! Tu crois que

je voudrais sauter par la fenêtre si c'était le cas ? Je n'ai pas écrit une seule ligne valable. En revanche, j'ai dévoré tout le chocolat de mes placards, même celui au cacao noir extra qui colle des rides quand on le mange, et tous les pots d'Häagen-Dazs vanille-noix de pécan de mon congélateur…

— Bon, il est temps de te changer les idées. Tu n'as pas mis le nez dehors depuis ta démission. Je me débrouille pour faire garder Lily et on va boire un café. Martin est en déplacement pendant deux jours, je ne serais pas contre avoir une discussion avec une personne âgée de plus de six mois !

— Je t'ai déjà dit que je t'adorais ?

— Tu as intérêt à me citer dans les remerciements ! On se retrouve dans une heure ?

— Juste le temps qu'il me faut pour me doucher.

— Pour te doucher ou pour enfiler autre chose que ton pyjama une pièce et tes chaussettes licorne ?

— Tu veux qu'on parle de tes chaussons tête de chien ?

— À tout à l'heure !

Elle rit. Je raccroche et file me préparer. Oui, voilà ce dont j'ai besoin : prendre l'air. Une douche rapide, j'enfile mon jean préféré, un peu étroit, oups, il faut que je mette le holà sur les sucreries, et un chemisier turquoise que je me suis offert pour fêter ma démission. La seule touche de couleur de ma garde-robe. Pyjamas exceptés.

Dans le hall de l'immeuble, je croise Sexy Boy, le type canon de mon immeuble. C'est Nina qui l'a surnommé comme ça. Ça lui va comme un gant. Grand, brun, athlétique, yeux sombres, looké comme il faut, fesses appétissantes. Oui, Sexy Boy, c'est tout à fait lui.

Depuis qu'il a emménagé, il y a trois mois, je n'ai pas trouvé le courage de lui adresser la parole, ni même de lui dire bonjour.

Il m'aperçoit et me sourit. Un sourire amical, engageant. Allez, Juliette, courage ! Il ne va pas te manger.

Je m'apprête à ouvrir la bouche lorsque mon portable sonne. Je fouille dans mon sac pour l'attraper et, quand je redresse la tête, Sexy Boy a disparu.

Je maudis intérieurement celui qui ose m'appeler en cet instant, sauf si c'est pour m'annoncer que j'ai gagné au Loto. Mais c'est ma voix aimable qui répond :

— Oui ?

— Mademoiselle Mallaury ? C'est la clinique Sainte-Clothilde. Votre mère a eu un accident, elle vient d'être admise en chirurgie. Vous est-il possible de venir ?

– 3 –

J'arrive en trombe à la clinique, sans plus de renseignements. On m'a juste demandé de venir dès que je le pouvais. Je repère l'accueil et m'y précipite, sans doute un peu trop vite. Le jeune homme assis derrière a un mouvement de recul. Il a dû croire que j'étais une cinglée venue pour l'agresser.

— Je suis Juliette Mallaury. On vient de m'appeler. Ma mère a eu un accident, elle est en chirurgie. C'est grave ? Il faut que j'aille où ?

— Le service de chirurgie est au troisième étage. Les ascenseurs sont sur votre droite.

Heureusement qu'il n'a pas souri, j'aurais pu me méprendre et le confondre avec un être humain.

Je grimpe les marches quatre à quatre, j'ai toujours eu les ascenseurs en horreur. Il faut dire qu'un jour celui dans lequel j'étais a dévalé deux étages, les freins ayant brusquement lâché. Depuis, je n'emprunte plus que les escaliers. Et puis c'est bon pour les fessiers. Parfait lorsqu'on a abusé des Kinder Bueno.

J'arrive enfin au troisième étage, essoufflée et morte d'inquiétude ; je cherche des yeux quelqu'un pour me renseigner. J'aperçois une blouse blanche.

— Je suis la fille de Mme Mallaury. On m'a dit que ma mère était ici, s'il vous plaît, dites-moi qu'elle va bien.

L'infirmière se dirige vers un ordinateur portable.

— Elle s'est fait renverser par une voiture. Elle souffre de plusieurs fractures. Le chirurgien est encore au bloc opératoire mais l'intervention devrait bientôt se terminer. Ne vous inquiétez pas, elle est entre de bonnes mains. Je vais vous montrer où patienter. Je viendrai vous prévenir lorsqu'elle sera en salle de réveil.

Nous traversons des couloirs qui me paraissent interminables, jusqu'à ce que l'infirmière m'indique un siège. Les yeux rivés sur l'horloge, j'attends. « Plusieurs fractures ». Malgré tout, l'infirmière n'avait pas l'air d'être inquiète.

Les minutes s'écoulent lentement. Je suis seule dans ce couloir. Il n'y a pas un bruit.

Je sursaute lorsque la sonnerie de mon téléphone retentit.

Je chuchote comme si je risquais de déranger quelqu'un.

— Allô ?

— Juliette, c'est toi ? Mais qu'est-ce que tu fais, bon sang ? Tu es où ? Ça fait une demi-heure que je t'attends !

— Nina ? Je suis à la clinique. Maman a eu un accident. J'attends qu'elle sorte du bloc. Elle a plusieurs fractures. Je suis désolée, j'ai foncé là-bas, je n'ai pas pensé à te prévenir.

— C'est grave ?

— Je n'en sais rien, l'infirmière ne m'a pas dit grand-chose, mais elle n'avait pas la tête que font les médecins avant de dire « On a fait tout ce qu'on a pu », donc je m'accroche à ça.

— Tu veux que je te rejoigne ?

— Non, ne t'inquiète pas. Je te promets, je t'appelle dès que j'ai des nouvelles.

J'ai à peine le temps de raccrocher que l'infirmière réapparaît.

— Votre mère est en salle de réveil. L'intervention s'est bien passée. Le chirurgien a pu réduire les fractures. Elle va devoir rester hospitalisée quelques semaines et sans doute faire de la rééducation, mais elle ne devrait pas avoir de séquelles.

Je ne sais pas si c'est dû à la tension accumulée ou au soulagement, peut-être un peu des deux, mais je fonds en larmes à l'annonce de ce diagnostic. L'infirmière me fait asseoir et me propose un verre d'eau.

— Est-ce que je peux la voir ?

— Elle va devoir rester deux heures en salle de réveil, et sera ensuite un peu groggy à cause des antidouleurs. Je vous conseille de rentrer chez vous et de revenir demain. Soyez sans crainte, je lui dirai que vous êtes venue. Appelez le service en début de soirée, elle sera installée dans sa chambre, on pourra vous la passer si elle est réveillée.

— Vous êtes certaine qu'elle va bien ? Vous ne me racontez pas d'histoires pour me ménager ?

— D'ici quelques semaines, ce ne sera plus qu'un mauvais souvenir, vous verrez.

En partant, je repasse devant le robot de l'accueil. Fidèle à lui-même. Peut-être qu'il existe une école pour apprendre à ne pas sourire en toutes circonstances.

La tête me tourne un peu mais l'air frais me fait du bien. Je me sens nauséeuse.

La peur d'avoir fait une grosse erreur en démissionnant, l'angoisse de la page blanche, et maintenant cet accident. Cela fait trop d'émotions d'un coup.

Je vais rentrer et me blottir sous la couette avec un livre.

Je parcours le trajet jusque chez moi en mode automatique. Une fois arrivée, je suis incapable de me rappeler si les feux étaient verts ou rouges, ou s'il y avait de la circulation.

En sortant de la voiture, je suis prise de vertiges. Je réalise que je n'ai rien mangé ce midi. Mais la seule idée d'un aliment me donne envie de vomir.

Tiens, Sexy Boy sort de chez lui. Ce n'est pas possible d'être aussi beau… Décidément, deux fois dans la même journée, ce ne peut pas être un hasard. Ce coup-ci, je fonce !

Je fais quelques pas, puis les murs se mettent à vaciller, une voix me parvient comme étouffée, et tout devient noir.

– 4 –

Je suis sur une balançoire, je vais de plus en plus haut, de plus en plus vite. J'ai mal au cœur. Il faudrait que je saute mais mes mains sont comme soudées aux cordes. Au loin, j'aperçois un homme qui s'éloigne. Je voudrais lui hurler de revenir, pour qu'il m'aide à m'arrêter, mais pas un son ne sort de ma bouche.

— Juliette ? Juliette, tu m'entends ? Dis-moi quelque chose !

Bien qu'assourdie, cette voix m'est familière. Elle n'a pas l'air très masculine. Pourtant j'étais avec Sexy Boy il y a quelques secondes à peine.

Je tente d'ouvrir un œil mais un violent mal de tête m'oblige à le refermer aussitôt. Je parviens à articuler :

— Nina, c'est toi ? Mais qu'est-ce que tu fais ici ? Et on est où exactement ?

— Merci pour ton accueil, ça fait plaisir ! Non mais tu as raison, ne me remercie pas. On est dans ton appartement et toi tu es sur ton lit. D'ailleurs, je ne te cache pas que si tu pouvais perdre un peu de poids ce ne serait pas du luxe. On a eu un mal de chien à te porter jusque dans ta chambre.

— Mais qu'est-ce qu'il s'est passé ? Et comment ça, « on » ?

— Tu ne te souviens de rien ? Tu as fait un malaise dans l'entrée de ton immeuble. Tu t'es écroulée à l'instant où j'arrivais. Luc et moi on t'a portée jusqu'ici. Tu te sens mieux ?

— Comment savais-tu que j'étais rentrée ? Et… qui est Luc ?

— J'ai appelé la clinique pour prendre des nouvelles et ils m'ont dit que tu venais de partir. Ils ont ajouté que tu étais un peu secouée, alors la meilleure amie que je suis est venue voir si tout allait bien. Et j'ai bien fait parce que manifestement ce n'est pas le cas.

— D'accord, je te remercie de prendre soin de moi. Mais je réitère ma question : qui est Luc ?

— Tu vas pouvoir me remercier une deuxième fois ! Désormais Sexy Boy répondra au doux prénom de Luc. C'est comme ça qu'il s'appelle dans la vraie vie. Il rentrait chez lui quand tu t'es évanouie. Il a proposé de m'aider à te porter jusque chez toi. Je dois te dire que sa voix est tout aussi charmante que le reste. Et qu'il sent divinement bon. Heureusement que je suis là pour t'apprendre que le voisin sur lequel tu fantasmes a un prénom parce que, si on compte sur ton courage, on ne risque pas d'avancer !

— Tu sais que je n'ai pas ton culot pour accoster les gens… Donc Sexy Boy, je veux dire Luc, m'a tenue dans ses bras ? Et je n'étais même pas consciente pour en profiter !

— C'est ça. Mais ce n'est pas tout… Il faut aussi que tu saches que tu as vomi devant lui. Je suis désolée.

Je sens d'un coup cette odeur âcre caractéristique et la nausée me reprend.

— J'ai vomi devant lui ? Oh, mon Dieu... Dis-moi que je n'ai pas vomi *sur* lui...

— Tu as le sens des priorités. Non, je te rassure, il n'a rien. Lui. En revanche ma veste, elle, est bonne pour le pressing. Je te remercie de t'en inquiéter.

— Tu es ma meilleure amie, je sais que tu vas me pardonner. Mais lui... Quelle honte ! Je n'oserai plus jamais le regarder en face. Et s'il est entré ici, il a donc vu les feuilles de papier froissées partout, les plaquettes de chocolat entamées et tout le reste ?

— Je crains que oui. Mais en bon gentleman il n'a fait aucun commentaire. Il a dit qu'il viendrait prendre de tes nouvelles. Tu ne savais pas comment l'aborder, eh bien voilà, le contact est établi ! Ce n'est pas la meilleure entrée en matière qui soit, j'en conviens, mais c'est un début. À toi de jouer, maintenant !

Tandis que Nina éclate de rire, je me demande déjà ce que je vais pouvoir raconter à Luc lorsqu'il viendra. Si jamais il vient...

— Bon, sinon, la clinique a appelé il y a quelques minutes. Ils n'ont rien voulu me dire, ce qui est normal, mais tu peux appeler ta mère.

— Il faut que j'aille la voir ! dis-je en essayant de me lever.

Mais Nina me stoppe aussitôt dans mon élan.

— Je crois plutôt qu'il faut que tu dormes un peu. Comment expliques-tu ce malaise ?

— Je ne sais pas, mais je n'ai rien mangé ce midi, alors avec le stress en plus ça n'a pas dû me réussir. J'ai eu des vertiges sur le parking de la clinique.

— Je vais te préparer quelque chose à manger. Une soupe ?

À la simple idée d'ingurgiter de la nourriture, mon estomac se soulève instantanément et j'ai à peine le temps de me précipiter dans la salle de bains.

Nina est derrière moi, sur le pas de la porte. Elle a l'air inquiet.

— Tu as dû attraper un virus. Ce n'est pas normal, ces vomissements. Tu devrais faire venir un médecin.

— Mais non, ne t'inquiète pas. Ce n'est sans doute rien. Une bonne nuit de sommeil et ça ira mieux demain. Rentre chez toi t'occuper de ma filleule, moi je vais me mettre au chaud sous la couette.

— Tu es certaine que tu ne veux pas que je reste ?

— Tu es adorable, mais non. Je t'appelle demain matin. Je passerai voir ma mère en début d'après-midi, et si tu veux, ensuite, on ira prendre le verre qu'on devait prendre aujourd'hui. Tu pourras m'aider à échafauder un plan pour que Luc me trouve si sexy qu'il oublie tout le reste…

La nuit a été agitée, peuplée de cauchemars et de crampes intestinales. Je me suis retournée en vain dans mon lit, avant de me résigner à reprendre le roman entamé sur ma table de nuit.

Le matin, lorsque j'ai appelé ma mère, elle semblait aller plutôt bien et ne pas trop souffrir. Le choc n'a pas été très violent mais ses deux jambes étaient fracturées.

À 13 heures, je frappe discrètement à la porte de sa chambre.

— Ma chérie, je suis contente de te voir !

Elle est toute pâle. Le spectacle de ses jambes est assez impressionnant. Jamais encore je n'avais vu de broches, ni de fixateur externe. Je m'approche, l'embrasse sur la joue.

— Moi aussi, maman. Tu es sûre que tu n'as pas mal ?

Ma question me paraît stupide, avec toutes ces tiges en métal plantées dans ses jambes.

— Les médecins m'ont prescrit de la morphine, alors ça pourrait être pire. C'est surtout impressionnant. Mais ils m'ont dit qu'avec un peu de rééducation je devrais m'en remettre. J'en ai pour au moins trois mois. Ton père va devenir fou, lui qui ne sait même pas se faire cuire un œuf…

— Ne t'inquiète pas, maman, je vais aller faire des courses et lui acheter des plats cuisinés. S'il le faut, j'irai dîner avec lui le temps de ton hospitalisation.

— Ça lui fera plaisir. Nous ne t'avons pas beaucoup vue ces derniers temps. Tu as beaucoup de travail à l'agence ?

Le moment que je redoutais est arrivé. Avec son accident, je devrais l'épargner et ne rien lui dire, mais je n'ai pas le cœur de lui mentir plus longtemps. Ça fait déjà un mois que j'ai démissionné, il va bien falloir que je crache le morceau. Je suis une grande fille, après tout. J'ai le droit de démissionner.

— Je ne travaille plus à l'agence, maman.

— Comment ça ? Je ne comprends pas. Tu n'as pas été licenciée, au moins ?

— Non, je n'ai pas été licenciée. Je suis partie de moi-même. J'ai démissionné le mois dernier, en fait.

— Démissionné ? Mais pourquoi ?! Il te plaisait,

pourtant, ce travail ! Comment vas-tu payer ton loyer, maintenant ?

Comment lui expliquer ? Comment lui dire que la petite fille modèle qu'elle a toujours connue n'est pas vraiment heureuse ?

— Qu'est-ce que tu vas devenir ? Tu as trouvé un autre travail ? reprend-elle

— Ne t'inquiète pas, maman. Oui, oui, j'ai des pistes en vue.

Je me dégonfle, je n'ai pas le courage de lui annoncer. J'ai peur de la décevoir aussi. Et puis chaque chose en son temps. Quand elle ira mieux, je le lui dirai. Oui, voilà. Quand elle ira mieux. D'ici là, j'aurai peut-être avancé. Ça me paraîtra moins effrayant.

Soudain, les crampes intestinales qui s'étaient faites relativement discrètes jusqu'alors se font plus insistantes. Et l'envie de vomir me reprend.

— Je vais te laisser, maman, je ne me sens pas très bien depuis hier. J'ai dû attraper un coup de froid. Je ne voudrais pas te contaminer. Ce n'est pas le moment.

— De toute façon je vais dormir un peu. Je suis encore fatiguée de l'anesthésie. Tu passes voir ton père, hein, Juliette ? Il ne s'en sortira jamais tout seul, il faut que tu l'aides.

— Repose-toi, maman. Et ne t'inquiète pas, je passerai voir papa dès ce soir.

— Merci, ma puce. Soigne-toi bien. Tu devrais passer à la pharmacie. C'est vrai que tu as une petite mine.

Je l'embrasse sur la joue.

Elle a déjà les yeux clos lorsque je referme la porte.

Mon estomac se soulève à l'approche de la cafétéria, au rez-de-chaussée. Ce n'est vraiment pas la grande forme, elle a raison.

– 5 –

Comme je l'ai promis à ma mère, en sortant de la pharmacie je passe un coup de fil à mon père et m'invite à dîner.

Je ne me suis pas beaucoup éloignée de la maison de mon enfance. Mes parents habitent à vingt kilomètres à peine de mon appartement. Si je ne suis pas partie très loin, j'ai au moins troqué une vie calme, pour ne pas dire carrément morne, à la campagne contre une vie de citadine. Mon appartement est situé en centre-ville et pour rien au monde je ne retournerais vivre dans un petit village sans aucun commerce excepté le café-tabac qui fait poste, dépôt de pain et même vente de tampons.

Papa a l'air complètement perdu au téléphone. Ma mère a toujours été le pilier de la famille, elle s'occupe de tout, de tout le monde, depuis toujours. Sans elle, il ne sait plus par quel bout prendre sa vie. Je ne suis même pas sûre qu'il sache retrouver ses paires de chaussettes. Encore moins se faire à manger.

Assise avec lui dans la cuisine en chêne rustique sombre qui m'a vue grandir, je l'observe du coin de l'œil. J'ai l'impression qu'il a vieilli d'un coup, et cela me rend triste. Il a l'air fatigué et il me semble même qu'il a un peu maigri. C'est impossible vu que l'accident de maman n'a eu lieu qu'hier. Ou alors, cela fait bien plus longtemps que je ne le pense que je ne l'ai pas vu. Courageusement, j'ai fait en sorte de ne pas trop les croiser depuis ma démission.

— C'est gentil d'être passée me voir, ma chérie. Mais ta mère exagère toujours. Je suis capable de me débrouiller tout seul. Je ne sais pas cuisiner, d'accord, mais je peux quand même ouvrir une boîte de conserve !

— Je sais, papa. Mais ça me fait plaisir d'être avec toi. Cela fait longtemps que nous n'avons pas eu l'occasion de dîner tous les deux. Et puis l'accident de maman a dû te chambouler. Je ne voulais pas te laisser tout seul.

— C'est vrai que ça m'a fait un choc quand je suis passé la voir à la clinique tout à l'heure. Elle qui est si forte d'habitude, je l'ai trouvée minuscule dans ce lit. Et, malgré son sourire, j'ai bien vu qu'elle souffrait. Elle n'a pas pu dissimuler quelques grimaces.

C'est dans le silence que nous finissons notre assiette, des avocats-crevettes, l'entrée préférée de mon père. Nous sommes tous deux perdus dans nos pensées. Papa doit penser à maman. Et moi…

Je me lève pour nous servir la blanquette de veau que j'ai achetée sur le chemin du retour de l'hôpital.

— Elle ne sera pas aussi bonne que celle de maman mais, tu vas voir, le traiteur ne se débrouille pas trop mal.

— Ta mère cuisine si bien…

Une chape de tristesse semble lui tomber dessus, mais il se ressaisit :

— Bon, changeons de sujet ! Pour une fois que

nous sommes tous les deux, on ne va pas passer la soirée à se morfondre ! Ta mère m'a dit que tu n'étais pas en forme ? Que tu avais attrapé un virus ?

— Oui, un virus, c'est ça. J'ai attrapé un virus. Je ne me sens pas bien depuis hier. J'ai des vertiges et parfois je suis prise de vomissements. Mais ça va déjà mieux. Ne t'inquiète pas pour moi.

— Ta mère m'a aussi annoncé que tu avais quitté ton poste à l'agence. C'est même la première chose qu'elle m'a dite lorsque je suis arrivé. Elle semblait inquiète. Tu la connais.

— J'étais sûre qu'elle ne pourrait pas s'empêcher de t'en parler ! Oui, j'ai démissionné il y a un mois… Je sais que je vous déçois terriblement. Ce n'était pas du tout mon intention.

— Mais pourquoi dis-tu cela ? Nous avons toujours été très fiers de toi. Indépendamment de ta réussite professionnelle. Pourquoi veux-tu que nous soyons déçus ?

— Parce que agir sur un coup de tête n'est pas très mature. Parce que j'ai toujours été une fille sans histoire…

— Je te connais. Mieux que tu ne le penses. Si tu as démissionné, c'est que tu devais avoir une bonne raison.

— Un vieux rêve… Je ne sais pas si l'on peut considérer que c'est une bonne raison.

— Quel rêve ?

— Surtout ne te vexe pas, papa, mais je préfère ne pas en parler pour l'instant. Je ne suis pas encore certaine de poursuivre dans cette voie. Je me laisse quelques mois et, si ça ne marche pas comme je le souhaite, je chercherai du travail. Surtout n'en parle pas à maman. Je n'ai pas eu la force de lui dire la vérité cet après-midi. Elle croit que j'ai des pistes pour d'autres postes. Elle ne va pas me lâcher sinon…

— Comme tu veux, ma chérie. Mais tu sais que tu peux tout me dire. Je serai toujours là pour toi.

À ces mots les larmes me montent aux yeux. Je m'empresse de me lever pour débarrasser la table. La sensiblerie n'est pas vraiment le genre de la maison.

— Va t'asseoir dans le salon, je t'apporte le dessert. Je me suis arrêtée à la boulangerie pour acheter une tarte aux pommes.

— Tu gâtes ton vieux père. Toi non plus, ne dis rien à ta mère. Tu sais qu'elle surveille de près mon alimentation. Le spectre du cholestérol rôde !

Je lui fais un clin d'œil et nous éclatons de rire.

Je le rejoins sur le canapé. Rien n'a changé ici. Les rideaux, le papier peint, les meubles, le tapis, tout a toujours été ainsi. D'habitude ça me déprime un peu, mais ce soir, ça me réconforte. Et j'en ai besoin.

J'ai tellement de souvenirs dans cette maison.

Je me souviens des dimanches soir où nous mangions de la soupe devant les dessins animés. J'avais le droit de regarder la télévision jusqu'à 20 heures.

Je me souviens des après-midi passés dans la cuisine à faire des gâteaux avec ma mère. Parce que c'était important d'apprendre à cuisiner pour une femme. Et dire qu'aujourd'hui je suis incapable de faire cuire quoi que ce soit sans le faire brûler…

Je me replonge avec bonheur et nostalgie dans ces images de mon enfance et surtout j'évite de penser à ce qui occupe mon esprit.

Non, pas ce soir.

Demain.

Oui, voilà, demain.

– 6 –

Le lendemain, après une nouvelle nuit agitée, je réalise qu'il faut que je parle à quelqu'un. Je ne peux pas garder ça pour moi. Nina. Il faut que je parle à Nina. J'attrape mon téléphone. Comment est-ce que je vais pouvoir lui annoncer ça… ?

— Tu es quoi ? C'est pas possible, je n'ai pas dû bien entendre ! me crie Nina dans l'oreille.

Je la comprends bien quand elle dit qu'elle n'y croit pas. Elle était en train de manger lorsqu'elle a décroché, et elle a failli s'étouffer quand je lui ai annoncé la nouvelle.

— Si, si, tu as très bien entendu. Hélas !

— Mais comment c'est possible ? Enfin, sur le plan pratique je sais comment c'est possible, hein… Mais comment c'est arrivé pour toi ?

— Je ressasse depuis hier. Je voulais croire à une erreur ou à un cauchemar. Mais non, c'est bien la réalité. J'en ai eu la confirmation en faisant pipi sur ce maudit test !

— Mais avec qui ? Enfin, si bien sûr tu veux m'en parler. D'ailleurs je suis très vexée que tu ne m'aies pas dit que tu avais quelqu'un ! Il est comment ? Il est beau ? Dis-moi qu'il est beau ! Han, c'est Luc ? Ah non, tu ne connaissais même pas son nom avant-hier… C'est James, le type de la compta chez Publicize ?

— Si tu me laisses en placer une, je t'explique ! Et si je ne t'en ai pas parlé, c'est parce qu'il n'y a rien à dire. C'est totalement pathétique en fait. J'étais déprimée, alors, un soir, je suis sortie boire un verre, ou deux. Il y avait ce type. Et au bout du cinquième verre, je l'ai trouvé incroyablement irrésistible. Il faut dire qu'il est commercial, et que les commerciaux savent se vendre. Tu en sais quelque chose… Bref, je l'ai invité à boire un dernier verre chez moi. Bien entendu nous n'avons rien bu. Voilà, *end of the story*. Bébé dans neuf mois. Il fallait que ça m'arrive à moi ! Tu le crois ? Je ne fais jamais rien au hasard. Depuis trente ans. Je calcule tout, je regarde toujours avant de traverser. Et là, tout fout le camp. À cause d'une seule soirée ! Et le pire, c'est que je ne me souviens même pas de la seconde partie.

— …

— Je sais ce que tu vas dire… Je ne sais pas moi-même ce qui m'a pris.

— Juliette, le problème, ce n'est pas que tu couches avec le premier venu, il n'y a pas de mal à se faire du bien quand tout le monde est consentant. Le problème, c'est que tu ne te sois pas protégée. Sérieusement, ce type, il pourrait avoir des tas de maladies !

— Mais c'est ça le pire, nous avons utilisé un préservatif ! Il a dû craquer, se déchirer ou fondre ! Je ne suis pas une experte, tu le sais. C'était juste stupide de coucher avec lui. C'est tout. Crois-moi que, si je pouvais revenir en arrière, je le ferais.

— Mais comment as-tu eu l'idée de faire un test de grossesse ? Je veux dire, si vous vous êtes protégés.

— Après mon malaise d'avant-hier, en sortant de la clinique, je suis allée à la pharmacie pour acheter un médicament contre la nausée. Je pensais à une gastro-entérite ou à un autre truc en « ite » tout aussi charmant. Devant moi, il y avait un présentoir avec les tests de grossesse. Je ne sais pas pourquoi, mais je me suis mise à calculer. Et j'ai réalisé que j'avais du retard, alors que je suis réglée comme une pendule depuis que j'ai quinze ans. J'ai fait le lien avec les vomissements, la nausée permanente... Tu connais la suite.

— Je n'arrive pas à croire que tu vas avoir un bébé...

— Ah, mais je n'ai pas dit que j'allais avoir un bébé, j'ai dit que j'étais enceinte ! Ça n'est pas la même chose.

— Comment ça, ça n'est pas la même chose ?

— Tu me connais, Nina ! Tu sais bien que, les enfants, ce n'est pas mon rêve. La vie de maman n'est pas faite pour moi. Toi, tu es une maman merveilleuse. Mais moi... Je n'ai même plus de boulot, alors franchement, comment je ferais toute seule, avec un bébé ?

— Pourtant tu aimes t'occuper de Lily ?

— Oui. Parce que ce n'est que pour quelques heures, et qu'ensuite je te la rends. Là, il s'agit d'un bébé pour une vie entière. Je ne suis pas prête. Je ne peux pas gérer ça en plus du reste. Et sans père qui plus est. Je ne peux pas garder ce bébé, c'est impossible.

— Tu n'es peut-être pas obligée de te décider tout

de suite. Tu es sous le coup de l'émotion. Il faut que tu te laisses du temps.

— Plus j'attendrai, plus ce sera difficile.

— Si tu penses que c'est la bonne décision…

— Oui. Parce qu'il n'y a pas d'autre décision possible. Avant de t'appeler j'ai pris rendez-vous pour une IVG. J'y vais demain pour remplir les papiers.

– 7 –

Alors qu'il enfourne une pizza quatre fromages, sans olives – il a toujours détesté les olives –, il repense à cette fille. C'est étrange, elle n'a pas quitté son esprit depuis le jour où elle s'est évanouie et qu'il l'a portée jusque chez elle.

Il l'avait déjà repérée avant cette fois. Toujours l'air pressé et le regard rivé sur ses bottines. Elle est jolie pourtant. Il a aussi remarqué qu'elle rougissait lorsqu'elle l'apercevait. Du coup, il n'a jamais osé lui adresser la parole.

Son malaise lui a permis de la regarder de plus près et de constater qu'elle était plus que jolie. Les traits fins, le teint légèrement rosé. Les yeux bleus. Et elle porte un parfum dont il n'arrive pas à se défaire. Une fragrance légère d'agrumes, acidulée et fraîche.

Cette fille le touche sans qu'il comprenne vraiment pourquoi.

Il n'a pas encore osé l'appeler pour prendre de ses nouvelles. Il ne veut pas paraître intrusif ou rentre-dedans.

Il sort la pizza du four, se sert un verre de vin et s'installe au bar de sa cuisine américaine.

Il ne vit pas dans cet appartement depuis très longtemps mais il s'y sent bien. La disposition des pièces, les murs clairs, la grande baie vitrée qui donne sur la loggia. Il a la chance d'être au rez-de-chaussée et de bénéficier de ces quelques mètres carrés supplémentaires où il a disposé un vieux fauteuil club et une table basse. Il a installé une bibliothèque sur tout un pan de mur. Elle contient des livres de tous les genres. Des livres anciens pour certains, qui lui rappellent quelqu'un ou un moment de sa vie. À vrai dire, des livres, il y en a partout dans l'appartement. Des piles çà et là, sans trop de logique.

Il avait besoin d'un nouvel espace pour tourner la page. Aujourd'hui il a l'impression d'avoir fui son ancienne vie, comme pour sauver sa peau. Et en venant vivre ici il s'est aussi rapproché de son lieu de travail. Il apprécie ce gain de temps précieux qu'il perdait auparavant dans les transports.

Et puis maintenant, cette fille. Juliette. Il connaît son prénom grâce à son amie. Il se demande si elle va mieux. Si elle s'est remise de son malaise. Il espère qu'elle n'a rien de grave. Il faut qu'il prenne de ses nouvelles ; après tout, il a une bonne excuse pour aller la voir.

Il prend son verre et s'installe dans la loggia, dans son fauteuil. C'est la seule chose qu'il a souhaité emporter quand il est parti. Le seul meuble qui lui tenait vraiment à cœur. Son grand-père le lui a offert quand il a obtenu son diplôme de lettres modernes.

Demain, il ira la voir. C'est décidé.

– 8 –

Neuf heures. Le réveil sonne. Je l'éteins et me lève en une seconde. Ce n'est pas difficile, je suis réveillée depuis au moins deux heures.

Je vais dans la cuisine, me sers un jus d'orange et fais griller quelques toasts. Je suis en mode automatique, mon cerveau est comme déconnecté.

Dix heures. Les toasts sont froids. Je n'ai pas réussi à avaler la moindre bouchée. J'ai l'estomac noué. Je ne veux pas d'enfant, non, je ne veux pas d'enfant. Pas comme ça. Pas maintenant.

Je me lève, je jette les toasts à la poubelle et le jus dans l'évier. Une douche, il me faut une douche. J'aurai les idées plus claires ensuite. Non, plutôt un bain. Quand on a la chance d'avoir une baignoire, on prend un bain.

Onze heures. L'eau est froide. J'attrape une serviette et m'enroule dedans. Comment est-ce qu'on s'habille pour un avortement ? Je ne sais pas. Au fond, est-ce que cela a de l'importance, la manière dont je serai habillée ? Pourquoi nos pensées sont si insignifiantes quand l'heure est grave ? Je me souviens, quand grand-mère est morte, maman était obnubilée par le choix de ses chaussures. « Je vais mettre les plates, les noires avec une petite bride, tu en penses quoi, Juliette ? Ou alors mes bottines, elle aimait bien mes bottines, elle me trouvait jolie avec. Non, non, mes plates, ce sera mieux, beaucoup mieux… »

Midi. J'ai finalement enfilé un pantalon noir et un sweat-shirt gris. Pour me fondre dans le paysage. Fidèle à moi-même. Et aussi pour être raccord avec mon humeur, mes sentiments.

12 h 30. Dans la voiture je repense à cette maudite soirée. Ce type dont je ne connais que le prénom. Marc, il s'appelait. Moi qui ne bois quasiment jamais… Moi qui suis toujours si prudente… Moi qui me passe du gel hydroalcoolique sur les mains à la moindre occasion…

Je ne me souviens même pas si c'était bien. Ni comment il m'a dit au revoir. Ça changerait quoi de toute façon ? Je ne sais pas. Je ne sais plus.

Treize heures. Voilà, nous y sommes. Sur les murs de la salle d'attente, des affiches sur la contraception. On sait pourquoi on est là. Je dois voir le médecin dans trente minutes. Je redoute cet entretien. Est-ce que je vais devoir me justifier ? Est-ce qu'il va me falloir convaincre ? J'espère que non. Pourvu qu'on me tende le formulaire et que je n'aie qu'à signer.

J'attrape la main de Nina qui est assise à côté de moi. Je n'ai pas eu le courage de venir seule.

— Je te remercie de m'avoir accompagnée. Ça représente beaucoup pour moi. Je sais que tu penses que je fais peut-être une erreur…

— Tu es mon amie, ma meilleure amie, alors si

tu as besoin de moi, je suis là. Qu'importent mes sentiments. C'est ton corps, ta décision.

— J'arrive tout juste à prendre soin de moi. Je n'ai plus de boulot. Je n'ai même pas osé dire à ma propre mère que j'avais démissionné pour tenter de réaliser mon rêve. Comment est-ce que je pourrais m'occuper d'un bébé ? Si encore il y avait un père…

— Tu vas croire que j'essaie de te convaincre de changer d'avis, mais si tu te souviens de tes cours de biologie, il y a forcément un père. Ce bébé n'est pas arrivé par un coup de baguette magique. Un coup, c'est sûr… mais pas vraiment magique.

Nina essaie visiblement de détendre l'atmosphère, mais je ne suis pas très réceptive.

— Tu vois très bien ce que je veux dire. Ce bébé a un géniteur, oui, mais pas de père, lui rétorqué-je sur un ton un peu brusque. Un père c'est un homme avec qui tu décides de fonder une famille, qui partage la grossesse avec toi, qui est présent à l'accouchement. Moi je n'ai rien de tout ça.

— Tu aurais peut-être pu en parler avec le père, pardon… avec le géniteur, dans ce cas ? Qui sait, peut-être qu'il aurait pu devenir le père que tu décris.

— Non mais tu me vois l'appeler et lui dire : « Eh, tu te souviens de la fille du bar, celle qui avait trop bu et avec qui tu as couché ? Eh bien, elle est enceinte de toi ! Cool, non ? Tu veux bien être le père ? »

— Présenté comme ça…

— Nina, je le connais à peine, ce type. Nous n'avons échangé que quelques mots… Tu voudrais que je l'appelle pour lui demander s'il est d'accord avec cette IVG ? Tu parles d'une conversation ! Si tu crois que je n'ai pas retourné ça toute la nuit dans ma tête.

Et même si je voulais le garder, je n'ai pas la fibre maternelle, j'en suis sûre. Quand je te regarde avec Lily, c'est comme une évidence. Tu es une mère, une vraie. Je serais incapable d'être comme toi.

— Ça c'est ce que tu crois…

Interloquée, je la regarde. Un voile est tombé sur son visage.

— Qu'est-ce que tu veux dire par là ?

— Que tu ne vois que ce que je veux bien que tu voies. Tout n'a pas été rose, tu sais, à la naissance de Lily. Les pleurs que je n'arrivais pas à calmer, l'impression de ne pas être à la hauteur, de ne pas lui apporter ce dont elle avait besoin. J'ai passé des heures à sangloter dans mon coin, à me sentir en dessous de tout…

— Mais pourquoi tu ne m'en as jamais parlé ?

— Parce que… Tout le monde te répète que c'est une période tellement merveilleuse, que tu dois être la plus heureuse des femmes… Alors comment te plaindre et avouer que tu te sens déprimée, que parfois tu ne trouves plus la force de t'occuper de ton bébé ? Que tu en viens à douter de l'aimer, à regretter ta vie d'avant ?… J'avais honte. Je culpabilisais de ne pas me réjouir d'avoir une petite fille en bonne santé alors que d'autres ont moins de chance…

— Tu aurais dû m'en parler. Jamais je ne me serais permis de te juger.

— Je sais. Mais avec le temps, j'ai appris à connaître mon bébé. J'ai pu dormir aussi. Et ses premiers sourires, ses premiers gazouillis m'ont procuré une telle joie. Aujourd'hui, tout ça est loin derrière moi. Je suis persuadée qu'il y a beaucoup de mamans qui vivent ça, mais que personne n'ose en parler. On se sourit, on s'extasie devant les bébés – « Mais qu'il est beau, votre petit bout. Il a quel âge ? » –, alors qu'en réalité ce qu'on voudrait dire c'est qu'on n'en peut plus et qu'on a la trouille de ne pas être à la hauteur.

Je réfléchis à ce que vient de me confier Nina. À ce que cela pourrait changer.

— Mais je n'ai plus de travail ! Comment je pourrais subvenir à ses besoins ?

— Dis-moi, Juliette, est-ce moi que tu cherches à convaincre, ou toi ?

— Garder ce bébé, ce serait de la folie...

— Ce sera probablement difficile, c'est évident que les conditions idéales, ou plutôt *tes* conditions idéales, ne sont pas réunies. Tu ne seras pas la première ni la dernière à te faire avorter. Mais la vraie question que tu dois te poser, c'est : es-tu sûre de ne jamais regretter cette décision ?

— Comment le saurais-je ? Je suis complètement paumée, Nina. Je ne sais plus ce que je dois faire, ce que je veux...

Dans dix minutes, il me faudra entrer dans ce bureau et être sûre de moi. Sûre de vouloir reprendre ma vie d'avant. Une vie où choisir entre des sushis et une pizza est un événement.

Mettre un terme à cette grossesse me semble la seule décision raisonnable à prendre. Mais être raisonnable ne m'a jamais rendue heureuse, alors... Peut-être que c'est un signe. Peut-être que ce bébé est une chance.

— Nina... Si jamais... Enfin, si je décidais... Tu seras là si j'en ai besoin ? Tu m'aideras ?

— Est-ce que je t'ai déjà laissée tomber ? Ne serait-ce qu'une seule fois ? Je suis là avec toi aujourd'hui, non ? Tu sais que tu peux compter sur moi et que tu pourras toujours le faire.

— Alors partons !

— Mais il y a deux secondes tu disais…

— Oui, eh bien, j'ai changé d'avis ! C'est comme si tout était en train de voler en éclats, alors c'est normal qu'il me faille du temps. Pour m'adapter.

Je me lève d'un bond. Cet endroit me file subitement la chair de poule.

Je suis morte de trouille.

Bien sûr, je voudrais que tout ça ne soit jamais arrivé. Mais ce bébé, il est là. Et c'est mon bébé. Je n'ai pas arrêté de me l'imaginer cette nuit.

Alors que je franchis les portes de la sortie, Nina m'attrape par le bras.

— Tu sais quoi ? Je crois qu'on a bien mérité d'aller manger une énorme part de tarte Tatin pour se remettre de toutes ces émotions !

— Avec de la crème fouettée ?

Elle éclate de rire.

— Je peux savoir ce qui te fait rire ? Ma vie vient de basculer, là ! Je vais avoir un bébé alors que je n'ai aucune idée de comment on s'en occupe. Je vais devoir acheter tous les trucs que je vois chez toi et qui font ressembler ton appartement à une crèche. Et ce bébé, il me reprochera peut-être toute sa vie de ne pas avoir de père… Et toi, tu ris ?!

— Pardon, Juliette, mais j'étais juste en train de t'imaginer enceinte de huit mois, grosse comme une baleine et les chevilles gonflées.

— Comment ça, les chevilles gonflées ? On grossit des chevilles ?

— Et des pieds aussi… Adieu, ton 39 ! Ça va être super, tu vas voir !

Je vais donc devenir maman. Moi, Juliette.

Maman…

Une maman avec des pieds d'éléphant, si j'en crois Nina.

— Tu vas déchirer comme maman ! me dit Nina en souriant.

— Si seulement tu pouvais avoir raison…

— Allez, viens, une part de tarte nous attend !

— Pourquoi « une » ? Quitte à ressembler à une baleine…

– 9 –

Est-ce que je suis différente ? Je veux dire, est-ce qu'on peut voir que je ne suis plus la Juliette d'il y a cinq semaines ? En me regardant dans la glace, moi, j'ai l'impression de voir la même personne. Pourtant je sens bien que quelque chose est en train de changer, que ma coquille continue à se fissurer.

Je n'ai aucune idée de la manière dont je vais m'y prendre. Pourtant, aujourd'hui, je suis convaincue d'avoir fait les bons choix. La démission, le roman, et maintenant le bébé. Je mentirais si je disais que ça ne me colle pas le vertige et une trouille immense. Mais je sens que je me suis engagée sur le bon chemin.

Je me mets de profil et lève mon pull. Mon ventre est aussi plat qu'avant. Curieusement, je ressens une petite pointe de déception. Et moi qui hier criais haut et fort que je ne voulais pas de ce bébé… Je me demande quelle taille il peut faire, si je pourrais déjà entendre battre son cœur, quand je le sentirai bouger…

Je me souviens bien des cours de biologie sur la reproduction ; le test de grossesse m'a d'ailleurs prouvé que je m'en étais sortie haut la main. Mais pour la suite du cours, sur le bébé en lui-même, j'ai dû être moins attentive. Pour être honnête, tout ça ne m'a jamais vraiment intéressée jusqu'à maintenant.

Il est temps de m'informer un peu. J'attrape mon ordinateur et lance mon ami Google.

Commençons par le commencement : de combien de semaines suis-je enceinte ? Ah… ce qui en soi devrait être simple ne l'est manifestement pas. C'est quoi, cette histoire d'aménorrhée ? Jamais entendu ce mot de toute ma vie. Mentalement je le note, c'est un mot à rapporter un maximum de points au Ruzzle. Il existe donc des semaines de grossesse et des semaines d'améno-machin-chose. On ne pourrait pas plutôt partir de la date de conception ? Parce que, celle-là, je m'en souviens bien. Je regarde ma montre : c'était il y a exactement vingt-trois jours, douze heures… et quelques verres.

Je navigue de site en site, tout ce qu'il ne faut pas faire, mais c'est un cas de force majeure. Sur Cgravissimo.com, j'apprends que le taux de fausse couche est élevé pendant les trois premiers mois, que le bébé peut être atteint de tout un tas de maladies plus flippantes les unes que les autres, qu'il va falloir que j'arrête de manger de la charcuterie, du carpaccio et, pire que tout, des sushis ! Mais il faut être complètement cinglée pour faire un bébé ! Enfin, quand on sait tout ça avant de le faire… Ce qui n'était pas mon cas il y a vingt-trois jours, douze heures et au moins autant de verres, après réflexion.

Je clique sur l'onglet « Forum » pour en savoir plus sur cette histoire de sushis – je n'arrive pas à m'y résoudre… C'est là que je tombe sur Yoyote176 qui se demande si son bébé peut tomber enceinte à l'intérieur de son ventre si elle couche avec son copain[1]... Yoyote176 n'a pas de problème de sushis, elle, mais un problème de bébé enceinte dans son ventre. Le syndrome des poupées russes. Elle s'inquiète de ça car son bébé est une fille. Cela va sans dire. Si le bébé était un garçon, il n'y aurait pas à se demander. Yoyote176 n'est quand même pas stupide.

Tandis que je suis plongée dans ma lecture, tentant de réprimer un fou rire, quelqu'un frappe à la porte. J'ouvre, après avoir pris soin de rabattre l'écran de mon ordinateur.

— Bonjour, j'espère que je ne vous dérange pas. Vous ne vous souvenez sans doute pas de moi, mais l'autre jour j'ai aidé votre amie à vous porter après votre malaise. Je voulais prendre de vos nouvelles.

Sexy Boy.

— Bonjour... Je suis désolée, ça aurait plutôt été à moi de venir vous remercier. Entrez.

Je m'écarte pour le laisser passer en me demandant si l'état de mon appartement ne va pas l'affoler. Le sol est jonché de feuilles de papier chiffonnées et de paquets de gâteaux éventrés post-panne-d'inspiration-et-désespoir-intense. Plus quelques livres qui traînent.

— C'est gentil de venir prendre de mes nouvelles... Luc, c'est ça ?

Comme si j'ignorais comment il s'appelle... J'espère que je fais bien semblant.

— Oui, c'est ça. Vous n'aviez pas l'air très en forme. J'espère qu'il n'y a rien de grave ?

Je repense à ce que Nina m'a raconté et je bredouille :

— Je suis désolée pour le... Enfin, Nina m'a dit

1. Oui, oui, vous avez bien lu !

que j'avais vomi… Je ne m'en souviens pas, mais je m'excuse. Se faire vomir dessus par une inconnue, ce n'est pas très agréable… Enfin par une personne connue ce n'est pas mieux… Enfin j'imagine… Bref, tout ça pour vous dire, d'une manière très embrouillée je m'en rends compte, que j'ai un peu honte.

— Il n'y a rien de grave. C'est déjà oublié.

Il me sourit, semble vouloir ajouter quelque chose mais se met soudain à humer l'air.

— Vous ne sentez pas comme une odeur de brûlé ?

— Oh, mon Dieu ! Mon gâteau !

Je me précipite dans la cuisine et me dépêche d'ouvrir le four. Une épaisse fumée noire s'en échappe. Je m'empresse de sortir le plat et le jette dans l'évier.

— Voilà, tout ça c'est la faute de Yoyote176 !

— Yoyote qui ?

Luc m'a suivie dans la cuisine.

— Euh, non, non, personne. Quelque chose que je viens de lire sur Internet. Un truc sans importance.

La pensée de Yoyote176 en train de flipper devant son PC que sa fille encore dans son ventre ne soit enceinte me fait glousser malgré moi.

Reprends-toi, Juliette ! Tu as devant toi ce mec canon, encore plus beau de près d'ailleurs, qui vient prendre de tes nouvelles, et toi tu glousses.

— Vous prépariez quoi ?

Ouf, il n'a pas l'air de se formaliser.

— Un fondant au chocolat. C'était un essai…

Je ne lui dis pas qu'en réalité j'avais prévu de le lui apporter pour le remercier. Il faudra que je demande conseil à Yoyote176…

– 10 –

Il fallait bien que ça arrive un jour. On ne peut éternellement stopper l'inexorable avancée du temps. Bref... Aujourd'hui j'ai trente ans. Ça me fait tout drôle. À vingt-neuf ans on est encore jeune, insouciant. À trente ans on devient adulte, pour de vrai. Bon, j'exagère un peu, je ne suis pas vieille. Mais, quand même, ce changement de décennie, ça pique un peu.

Enfant, je m'imaginais des tas de choses sur mon avenir. Je me voyais romancière, voyageant à travers le monde pour rencontrer mes lecteurs. Dix ans plus tard, enfin vingt, oui bon ça va, je suis fébrile rien qu'en écrivant ma liste de courses. J'ai encore du travail... Et je passe sous silence la partie sans emploi et bébé *in progress*. Inutile de préciser que ces deux points ne faisaient pas partie de ma *wish list* de petite fille.

Le programme de la journée s'annonce fabuleux. Des nausées, un bain avec boules effervescentes, des nausées, un long tee-shirt informe et des grosses chaussettes, encore des nausées, et des comédies romantiques. Pour mes trente ans, j'ai prévu la totale : *Coup de foudre à Notting Hill*, *Bridget Jones*, *Dirty Dancing* et, bien sûr, *Love Actually*. On n'est qu'en mai, Noël est encore loin, mais *Love Actually*, c'est le film que je peux regarder à n'importe quel moment de l'année.

Lovée dans mon canapé, je me délecte de la scène où Hugh Grant et Julia Roberts se percutent. Sans oublier Spike. Spike et son slip, Spike et son masque de plongée. Trois petits coups frappés à la porte me tirent du film. Je ferais bien celle qui n'a pas entendu, mais deux nouveaux coups me signifient que l'importun n'a pas l'intention de s'en aller. À regret, je me lève et j'entrouvre la porte.

— Surprise !!!

Nina. J'aurais dû m'en douter. J'ai trente ans aujourd'hui, elle ne pouvait pas l'avoir oublié. On croirait un rouleau de bolduc géant. Elle en a partout, autour des bras, des jambes, et elle a accroché un gros nœud rouge en satin sur sa poitrine.

— Tu lances un nouveau style vestimentaire ?

Nina ne prend même pas le temps de me répondre et se dirige tout droit vers la table basse.

— Laisse-moi voir : *Coup de foudre à Notting Hill*, *Dirty Dancing*, et… Ne me dis pas que c'est ce que je crois !

Elle se tourne vers moi. Je regarde mes chaussettes.

— *Love Actually* ?! Juliette, tu es désespérante. Youhou ! je te rappelle que tu as trente ans aujourd'hui. Tu ne peux pas passer la journée vautrée dans ton canapé, c'est interdit par la loi !

— J'ai commencé ma journée la tête dans les toilettes, ça annule une partie de l'infraction ? Donc ta tenue, c'est pour…

— Je suis ton cadeau. Je me doutais du drame qui allait se jouer entre tes quatre murs, alors j'ai décidé de prendre les choses en main. On sort !

— Mais…

— Tu crois que je me suis déguisée comme ça et que je vais te laisser discuter ? Tu rêves… Allez, va t'habiller, c'est un ordre. Exécution !

Deux heures et demie plus tard, après être entrées dans à peu près toutes les boutiques du centre-ville, et après avoir essayé des tas de paires de chaussures et des tonnes de chapeaux, Nina et moi soufflons à la terrasse d'un restaurant.

— On n'est pas bien, là ? me lance Nina. Il fait beau, je viens de t'offrir un stylo de star pour ta future carrière d'écrivain, stylo que tu vas glisser dans un superbe sac, et nous nous apprêtons à manger le meilleur hamburger de la ville.

— Parle pour toi ! Si toi tu vas le manger, moi je vais sans doute le vomir. Mais tu as raison, c'est chouette. Même si je ne vois pas ce que tu reprochais à mon programme canapé. Au fait, encore merci pour le stylo, je l'adore !

— La journée n'est pas terminée ! Je sais que tu es impatiente de doubler les répliques de *Dirty Dancing*[1], mais tu auras tout le temps demain.

Je m'apprête à lui rétorquer qu'en matière de film

1. « On laisse pas Bébé dans un coin. » Ne me dites pas que vous ne la prononcez pas en même temps que Patrick Swayze…

antidéprime-plus-de-boulot-un-bébé-pas-de-papa-pas-de-mec il n'y a pas mieux que *Dirty Dancing*, mais je suis stoppée dans mon élan par le serveur qui pose nos assiettes devant nous. J'attends le moment où la vue du plat-insulte à la diététique – des frites et le plus gros hamburger de la carte – va me déclencher un haut-le-cœur, mais rien. Si ce n'est mon estomac qui gronde pour que je lui envoie une petite bouchée. Voilà donc la solution ! Me nourrir exclusivement de frites et de hamburgers, matin, midi et soir, jusqu'à la fin de ma grossesse.

— Je crois que j'ai trop mangé, Nina. Ça doit être à cause du brownie… Où est-ce que tu m'emmènes maintenant ? Parce que, après ce que je viens d'avaler, je n'ai qu'une envie, me laisser rouler jusque chez moi et digérer à même le sol de mon salon.

Nina me fait un clin d'œil.

— C'est une surprise. Patience, on y est presque.

Je ne sais pas si je dois me réjouir ou avoir peur. S'il y a un truc à savoir sur Nina, c'est qu'elle adore les surprises. Je me demande pourquoi. Qu'y a-t-il de plus rassurant qu'un emploi du temps bien réglé ?

Je me souviens encore de sa dernière surprise. Elle avait décidé que, pour mes vingt-huit ans, je devais absolument me faire faire un tatouage. Moi, Juliette. Qui tourne de l'œil à la vue d'une aiguille, même à tricoter. « Mais si, me disait-elle, un tatouage c'est glamour, tu verras. » Une fois chez le tatoueur, elle a choisi un ange pour elle et m'a persuadée qu'une petite rose au creux de mon épaule serait divine.

Ne sous-estimez jamais le pouvoir de persuasion de Nina. À cause d'elle, j'ai aussi eu les cheveux rose bonbon pendant une semaine. Un jour peut-être je vous raconterai.

Bref, une fois chez le tatoueur, en un rien de temps je me suis retrouvée allongée sur le fauteuil, convaincue que ça allait être formidable. Au premier contact de l'aiguille, toute ma confiance a bien entendu volé en éclats et j'ai fait un bond en hurlant de douleur. Depuis cette « surprise » de Nina, j'ai une sorte de gros grain de beauté noir au creux de l'épaule. Pour le glamour on repassera.

— Pitié, Nina, promets-moi que ta surprise n'inclut pas d'aiguille... Parce que la dernière fois...

— Non, non, je te le promets. Même si je reste persuadée qu'un petit tatouage... Tiens, tu demanderas à Luc !

Je prie intérieurement pour que Luc déteste les tatouages autant que les araignées velues et pleines de pattes. Et j'ajoute à la prière le fait d'avoir l'occasion de le lui demander, cela va de soi.

— Ça y est, nous y sommes ! claironne Nina en garant la voiture.

— Un salon de coiffure ? Pourquoi faut-il que tes surprises riment toujours avec mutilation corporelle ! lui lancé-je d'une voix plaintive.

— Pas corporelle, capillaire cette fois. Et puis il n'y a que toi pour ne pas aimer aller chez le coiffeur ! Fais-moi confiance, rien de tel qu'une nouvelle coupe de cheveux pour entamer une nouvelle vie.

Elle pousse la porte du salon, Coup'Tifs[1], où

1. *No comment.*

une certaine Jordy l'accueille chaleureusement. Manifestement, elle la connaît bien.

— Jordy ? Tu es sûre que… ? murmuré-je à Nina.

— Tu vas voir, elle est super. Est-ce que tu m'as déjà vue avec une coupe de cheveux ratée ?

— Non…

— Alors, ferme les yeux et fais-lui confiance.

Ladite Jordy m'installe sur le fauteuil, détaille ma non-coupe de cheveux et me sourit. D'un grand sourire bienveillant.

— Nina m'a dit que c'était votre anniversaire. Bon anniversaire ! Rien de tel qu'une nouvelle…

— … coupe de cheveux pour un anniversaire. J'ai déjà entendu cela quelque part.

À mon tour je lui souris, timidement.

— J'ajouterais : rien de tel que la coiffure pour révéler une personnalité. Est-ce que vous avez une envie particulière ?

Je regarde mon reflet dans la glace.

— On coupe tout !

Mon Dieu ! Est-ce moi qui viens de prononcer ces mots ? Que m'arrive-t-il ?

— Vous êtes sûre ? me demande Jordy.

Derrière moi, Nina applaudit et m'encourage d'un regard.

— Oui. Sûre !

– 11 –

Aujourd'hui est un grand jour. Maman rentre enfin chez elle. Après trois semaines d'hospitalisation et six semaines en centre de rééducation. Ces derniers temps, chaque journée donnait lieu à de longues conversations plaintives. Tant et si bien qu'avec papa on a fini par se répartir les jérémiades en l'appelant à tour de rôle un jour sur deux.

Neuf semaines depuis l'accident. À peine moins depuis que je sais que je suis enceinte. Désormais je ne pense plus du tout à ce jour où j'ai pris la décision qui va bouleverser ma vie. C'est comme s'il n'y avait jamais eu à décider. Je l'aime, ce bébé. Et cette évidence me donne le vertige tant devenir maman était à mille lieues de mes envies.

Plantée devant ma glace, je m'observe. Il ne m'a pas fallu longtemps pour me faire à cette coupe courte un peu ébouriffée. Ni à cette couleur cuivrée qui fait ressortir mes yeux. Je me mets de profil. C'est mon obsession du moment. Je le fais chaque jour. Et même plusieurs fois par jour. Sait-on jamais, s'il grossissait d'un coup… Je m'en voudrais de rater ça. On peut le distinguer à présent, ce petit ventre qui commence à s'arrondir. Je le caresse avec une infinie douceur.

Bientôt trois mois, et je n'ai encore parlé de ma grossesse à personne. Nina est la seule au courant. Je ne sais toujours pas ce que je vais faire pour le géniteur. L'appeler ? Est-ce que, s'il voulait s'impliquer, j'en aurais envie ? Est-ce que j'ai le droit de lui imposer ma décision ? Je me rassure en me disant que j'ai encore le temps d'y réfléchir.

Pour l'instant papa ne s'est rendu compte de rien, même si nous avons dîné ensemble trois fois par semaine depuis l'accident de maman. Mais je ne vais pas pouvoir cacher mon ventre très longtemps encore. Et, au fond, j'ai envie de partager ce moment de ma vie avec mes parents. Même si cela risque de leur causer un choc.

Hier, j'ai fait ma première échographie. J'étais un peu angoissée. Et si on n'entendait pas son cœur ? Et s'il avait une de ces affreuses maladies décrites sur Cgravissimo.com ? Complètement angoissée, en fait. Mais aussi impatiente. De le découvrir. J'avais lu que cette première rencontre était magique. Même Yoyote176 le disait ! Bon, je vous l'accorde, ce n'est pas vraiment une référence.

Reste que cet instant magique est normalement vécu en couple. Et que là, il n'y avait que moi… Nina m'avait proposé de m'accompagner mais j'avais préféré vivre ce moment seule. Et puis, quitte à être mère célibataire, autant m'y habituer tout de suite.

Un peu comme dans les films, la sage-femme a posé la sonde sur mon ventre et j'ai entendu. Des battements rapides. Le cœur de mon bébé. Si petit, et pourtant bien réel. Inutile de raconter la suite de l'examen… Même si, pour être honnête, la magie s'arrête lorsque la sage-femme prononce le mot « endovaginal ».

Maintenant que, grâce à la sonde-dont-on-ne-doit-pas-prononcer-le-nom, je sais que tout va bien, je ne peux plus reculer. Je dois l'annoncer à mes parents.

J'enfile le pantalon de grossesse que je viens de m'acheter. Il a fallu se rendre à l'évidence, je ne pouvais plus boutonner mes pantalons. Je me tourne et me retourne devant le miroir, et je me souris. Je me trouve jolie. J'en suis la première surprise. C'est le pantalon, à coup sûr ! Et peut-être la coupe de cheveux, mais ne le dites pas à Nina. Dans le magasin, il y avait des tas de pantalons noirs, classiques, rassurants, « Juliette style », et quelques jeans. Après moult essayages, c'est finalement un jean que j'ai posé devant la vendeuse à la caisse. Ce que je n'avais pas prévu en revanche, c'était d'acheter des Stan Smith dans la boutique d'à côté… Il fallait bien des chaussures pour aller avec le jean. Et puis Cgravissimo dit que les bottines à talons ce n'est pas indiqué. Ça donne la bottinite, une maladie rare… Ça ne prend pas ? Bon, OK…

Nous avons prévu d'emmener maman déjeuner pour fêter sa sortie. J'arrive avec cinq minutes d'avance devant le centre de rééducation. Papa est déjà là avec un énorme bouquet de fleurs. Il a l'air tellement heureux de retrouver sa femme. Ils semblent s'aimer comme au premier jour. J'ai un pincement au cœur. En ce qui me concerne, c'est plutôt mal engagé. Je chasse rapidement cette pensée de mon esprit.

— Ta mère est prête depuis au moins une heure. Je crois qu'elle n'en peut plus de cet endroit.

— Je la comprends. On est tellement mieux chez soi !

Maman nous attend sur son lit. Ses bagages sont faits, postés près de la porte. Si elle-même avait pu s'asseoir à côté de la porte pour qu'on ne l'oublie pas, elle l'aurait fait. Elle nous accueille avec un sourire rayonnant.

— Si vous saviez ce que je suis heureuse de sortir d'ici ! Rien ne pourrait gâcher cette journée.

Rien n'est moins sûr…

Je ne peux m'expliquer pourquoi mais, à cet instant, je suis incapable de retenir les mots que j'avais pourtant prévu de garder pour moi jusqu'au retour à la maison. Ils me brûlent les lèvres.

— Papa, maman. J'ai quelque chose à vous annoncer. Ça risque de vous causer un choc, mais c'est une merveilleuse nouvelle.

Tous les deux me regardent, circonspects, attendant que je poursuive.

— Alors voilà, je suis enceinte !

Ils blêmissent et je regrette aussitôt de le leur avoir annoncé de cette manière.

— C'est une bonne nouvelle, je vous assure. J'ai peur, bien sûr, et je me pose mille questions, mais je suis très heureuse. Et puis j'ai entendu son cœur battre hier, c'était un moment magique. J'aimerais beaucoup que vous partagiez ce bonheur avec moi.

Le regard de ma mère est en mode match de tennis, il passe de mon père à moi. J'y perçois de l'incrédulité.

— Tu es enceinte ? Pour de vrai ? Parce que si c'est une blague que tu as inventée avec ton père...

— Oui, maman, pour de vrai. Ce n'est pas une blague et papa n'a rien à voir là-dedans.

— Mais tu ne nous avais pas dit que tu fréquentais quelqu'un... Cela fait longtemps que tu le connais ? Tu aurais quand même pu nous en parler et nous le présenter. Vous avez prévu de vous marier ?

Voilà, les vannes sont ouvertes. C'était prévisible. Dix secondes que je lui ai dit que j'étais enceinte et elle me demande déjà quand je vais me marier. Je m'attends à ce qu'elle enchaîne sur le choix du régime matrimonial et qu'elle me rappelle de ne pas faire la même erreur que la tante Martine qui s'est mariée sous le régime de la séparation de biens et qui a tout perdu le jour où son mari s'est enfui avec la baby-sitter.

Bon, c'est normal qu'elle se demande si je fréquente quelqu'un. Mais, c'est idiot, focalisée sur l'annonce de ma grossesse, je n'avais pas anticipé le « Qui est le père ? ». Qu'est-ce que je vais bien pouvoir leur raconter ? Maman, papa, votre petite fille modèle adorée s'est fait engrosser par un inconnu après une soirée de beuverie ! Impossible. Ils seraient tellement choqués, et déçus. Alors, je leur dis la première chose qui me vient à l'esprit, c'est-à-dire pas la meilleure :

— Je ne vous en ai pas parlé parce que c'est tout récent, mais oui, je fréquente quelqu'un. Comment pourrait-il en être autrement ? Il est gentil. Et bien sûr fou de joie à l'idée de devenir père. Ah ! et il a une bonne situation, il pourra subvenir à nos besoins.

— Comment s'appelle-t-il ? Nous le connaissons ?

— Non. Il habite dans mon immeuble. Luc. Il s'appelle Luc. Voilà, c'est comme ça que s'appelle le père de mon bébé. De notre bébé, je veux dire. Et nous nous aimons beaucoup… C'est formidable, hein ?!

Oh là là… Dans quelle galère suis-je en train de m'embarquer ?

– 12 –

Pourquoi ai-je inventé cette histoire ?… Ça n'était pas compliqué, pourtant. Il me suffisait de dire que le père ne souhaitait pas s'investir, ou au moins qu'il était en voyage à l'étranger, pour gagner un peu de temps. Mais non ! Au lieu de ça, je leur parle d'un homme qui existe réellement. Et qu'ils peuvent donc demander à rencontrer – ce que naturellement ils se sont empressés de faire. Quelle abrutie je fais !

Durant le déjeuner ma mère m'a bombardée de questions. Questions auxquelles j'ai répondu bien entendu. Oui, parce que quand on fait un bébé avec quelqu'un, *a priori*, c'est qu'on le connaît un minimum, qu'on sait ce que font ses parents dans la vie. Par exemple.

Récapitulons. Il faut :

1) que je trouve un fiancé qui s'appelle Luc et plus vite qu'une partie de Monopoly,

2) que sa mère soit hôtesse de l'air et son père banquier.

Pourquoi banquier ? Parce que c'est la première

chose qui m'est venue à l'esprit pour impressionner ma mère. D'ailleurs j'ai bien fait, parce que ensuite elle a paru oublier la combinaison gagnante bébé/fiancé/mariage pour se concentrer sur le contenu de mon assiette. « Tu ne devrais pas manger autant, Juliette, tu vas enfler comme une baudruche. » Oui, ma mère a toujours eu les mots pour me valoriser.

Vite ! SOS Nina. De retour à mon appartement, je me rue sur mon téléphone. Je suis en panique totale. Luc, le père de mon bébé… Alors que je le connais à peine. Il faut que Nina trouve une solution pour me sortir de cette galère.

— Nina ? Bon, j'espère que tu es assise parce que tu ne vas jamais me croire. J'ai enfin annoncé à mes parents que j'étais enceinte, ce midi. Et non seulement j'ai été un peu abrupte, mais quand ils m'ont demandé quand j'allais leur présenter le père, j'ai paniqué, et je leur ai dit que c'était Luc !

Je l'entends qui manque de s'étouffer à l'autre bout de la ligne… Décidément, ces derniers temps, chaque fois que j'ai Nina au téléphone, ça commence toujours de la même manière.

— Je ne suis pas sûre d'avoir bien compris… *Le* Luc ? Celui que tu connais à peine ? Enfin, si on fait abstraction de l'épisode où tu lui as vomi dessus.

— Tu ne connais pas mes parents. Ils sont tellement persuadés que je suis parfaite que je ne peux pas leur avouer qu'après avoir démissionné pour écrire un roman, j'ai couché avec un parfait inconnu dont je me retrouve enceinte. Non, ça n'est pas possible. Je ne peux pas briser d'un coup l'image qu'ils ont de moi depuis trente ans.

— Mais tu es consciente que Luc n'est pas le père de ce bébé, n'est-ce pas ?

— Évidemment, tu me prends pour qui !

— Permets-moi d'émettre quelques doutes quant à ta santé mentale ! Non mais, sérieusement, comment tu comptes faire ? Tu vas mentir à tes parents longtemps ? Sans jamais leur présenter le fameux Luc ?

— Si seulement c'était si simple ! Figure-toi que ma mère tient à le rencontrer samedi soir. Sans doute pour lui faire passer un examen d'entrée. Elle m'a fait promettre de venir dîner avec lui. J'étais à court d'idées. Je sais que ça paraît bizarre, vu ce que je venais d'inventer, mais mon cerveau est resté aussi vide qu'un paquet de mouchoirs post-visionnage de *Titanic*.

— ... Qu'il était en voyage d'affaires, qu'il avait une soirée entre copains, qu'il visitait des orphelins dans les hôpitaux, qu'il était au chevet de sa grand-tante mourante... Je ne sais pas, moi ! C'est toi l'écrivain, c'est toi qui es censée avoir de l'imagination !

— J'ai pensé à tout ça ! Même à mieux encore, genre il fait partie des services secrets et n'a le droit de montrer son visage à personne sauf s'il les tue ensuite. Mais j'y ai pensé seulement *après* être rentrée. Je suis foutue, Nina. Il faut que tu m'aides !

— Écoute, il me vient une idée complètement délirante. Est-ce que Luc accepterait de jouer le jeu juste pour une soirée ? Vous vous êtes revus depuis la dernière fois ?

— Tu veux dire depuis qu'il est venu frapper à ma

porte pour prendre de mes nouvelles, avec un sourire à faire fondre la glace sous les patins de Brian Joubert[1] ? Non, je ne l'ai pas revu. Enfin, je l'ai croisé. On se fait des signes de tête, mais ça ne va pas au-delà.

— Il sait que tu es enceinte ?

— Évidemment que non. Je ne l'ai pas crié sur tous les toits.

— Eh bien, je n'aimerais pas être à ta place... Tu t'es fourrée dans une histoire pas possible.

— C'est pour ça que je t'appelle. Pour que tu m'aides ! Pour toutes les fois où j'ai tourné ma copie vers toi pendant les examens. D'ailleurs, j'arrête de respirer tant qu'il ne te vient pas une idée brillante.

— Je suis désolée, mais je ne vois vraiment pas ce que je peux faire. Si tu ne veux pas dire la vérité, ce qu'à mon avis tu devrais faire, il n'y a pas dix mille solutions : tu n'as plus qu'à convaincre Luc de venir avec toi samedi. Ou dénicher un comédien. Tu veux que je demande à Fred ? Ah, non, il n'aime que les garçons et même ta mère ne se laisserait pas avoir...

— Ou alors je peux tomber malade ? Si j'ouvre les fenêtres en grand, que je me mets en culotte, la tête dans le frigo, je devrais bien attraper une bronchite, non ?

— Ta mère ne lâchera pas le morceau. Tôt ou tard il te faudra lui présenter un Luc.

J'évite de préciser « un Luc dont la mère est hôtesse de l'air et le père banquier », ça vaut mieux. Je me contente d'un :

— Quelle galère...

— Je ne te le fais pas dire. En même temps, c'est un peu ta faute...

1. Oui, des tas de gens bien aiment le patinage artistique !

— Je te déteste…

Nina éclate de rire. Et, devant l'absurdité de la situation, je l'imite.

— Moi aussi je t'aime ! Et j'aimerais vraiment être là lorsque tu iras demander à Luc de t'accompagner…

Je ne la laisse pas finir sa phrase et raccroche. On croit que l'on a une meilleure amie et voilà ce qu'on récolte ! « C'est un peu ta faute »… Oui, d'accord, mais ça ne m'aide pas.

« Bonjour, Luc, est-ce que vous voulez bien jouer mon fiancé et le père de mon bébé ? Comment ça, nous ne nous connaissons pas ? »

C'est sûr, il va me prendre pour une folle.

– 13 –

Deux jours après avoir promis à mes parents de leur présenter mon « fiancé », je n'ai toujours pas trouvé le courage d'aller voir Luc. J'ai failli le faire à deux reprises. La première fois, je n'ai même pas réussi à ouvrir ma porte. La seconde, je suis allée un peu plus loin, jusqu'au bout du couloir, avant de faire demi-tour. Deux échecs cuisants. À l'image de mes tentatives de confection de fondant au chocolat.

Il y a urgence. Nous sommes vendredi, c'est demain que doit avoir lieu le dîner. Et ma mère attend que je vienne avec un Luc au bras.

Courage, Juliette, courage ! Rappelle-toi le coup du pansement, il faut l'arracher d'un seul coup. Ça fait mal moins longtemps.

Devant sa porte depuis quelques minutes déjà, je tente de choisir parmi les phrases que j'ai savamment élaborées – dont « Pitié, il ne me reste que deux jours à vivre, vous voulez bien dîner avec moi chez mes parents ? » – la meilleure pour lui demander de jouer mon fiancé le temps d'une soirée. À défaut d'être mourante, je suis pétrifiée. Et alors que je m'apprête enfin à sonner, la porte s'ouvre.

— Euh… Bonjour, Juliette.

— Bonjour, Luc ! Je venais prendre de vos nouvelles, et je voulais encore m'excuser pour la dernière fois et vous proposer d'aller prendre un café. Pour faire connaissance. Enfin, si vous en avez envie, bien sûr…

— Ç'aurait été avec plaisir. Mais là je dois partir pour un rendez-vous. Une autre fois ?

Je suis au bord de la panique. Trouver autre chose, vite !

— Et demain soir ? Vous êtes libre pour dîner ? C'est plus qu'un café, j'en ai conscience, je comprendrais que vous refusiez…

— Demain soir ? Oui, je suis libre. Et je serai ravi de dîner avec vous. À quelle heure je passe vous prendre ?

Il me sourit. Il a l'air sincèrement heureux de cette invitation. S'il savait… Comment vais-je pouvoir lui dire ce dont il s'agit vraiment ? Bon, restons calme, nous sommes vendredi, il est 19 heures, ce qui me laisse vingt-quatre heures pour avoir une idée de génie.

— Vers 19 h 30, ce serait parfait.

S'il savait dans quoi il s'embarque…

Le lendemain, alors que nous sommes dans la voiture, moi au volant, lui sur le siège passager, je n'en reviens toujours pas qu'il ait accepté mon invitation. Certes, je n'ai encore rien dévoilé du véritable objet de ce dîner. Aucune idée lumineuse ne m'est venue – pas même une idée juste potable, d'ailleurs. Je suis à l'idée lumineuse ce que Lady Gaga est à la mode : un désastre.

Nous avons tous les deux attaché notre ceinture. Il me reste donc vingt minutes de trajet pour trouver quelque chose.

C'est stupide, mais j'ai passé des heures à choisir ma tenue. Comme pour un vrai premier rendez-vous. Une robe patineuse bleu foncé et mes nouvelles Stan Smith chéries, pour ne pas faire cérémonie officielle non plus. À quoi bon de toute façon... ? Il ne fait aucun doute qu'il ne voudra plus jamais me revoir, ni même m'adresser la parole, après cette soirée. Je tente à coups de filet de supprimer les papillons que j'ai dans le ventre.

— Luc, je dois vous avouer quelque chose.

— On pourrait se tutoyer ?

— Oui, oui, si vous voulez, enfin... si tu veux. Donc, j'ai quelque chose à t'avouer. Et je ne sais pas si ça va te plaire... En fait, je suis même sûre que cela ne va pas te plaire.

— Tu m'as l'air bien solennelle, d'un coup. Qu'as-tu à confesser ? Que tu as tué quelqu'un en lui cuisinant un fondant au chocolat ? Que tu es une détenue en cavale ? Que tu es un agent secret au service de Sa Majesté ?

Je ne relève pas son allusion à mes talents de pâtissière, mais intérieurement ma honte est cuisante...

Il reprend :

— Tu sembles nerveuse depuis que nous sommes dans la voiture. Tu regardes ta montre en permanence. Et tu roules très en dessous des limitations de vitesse...

— Oui, c'est pour ne pas arriver trop vite là où je t'emmène.

Il éclate de rire. Un rire franc et puissant. Tellement sexy. Il me plaît, c'est indéniable. Mais inutile de nourrir un quelconque espoir. Si jamais il accepte de jouer le jeu, et franchement ce n'est pas gagné, il ne voudra plus entendre parler de moi…

— Bon, tu vas penser que je suis cinglée. Mais je t'assure que ce n'est pas le cas. Enfin pas complètement. Il se trouve que je me suis mise dans une situation qui peut laisser penser que je le suis… Même si ce n'est pas complètement ma faute…

— Tu peux être plus claire ? Je ne comprends pas tout, là.

— Eh bien, je ne t'ai pas proposé ce dîner simplement pour faire connaissance. Si je t'ai invité, c'est parce que je dois présenter à mes parents mon fiancé et le père du bébé que je porte. Voilà, c'est dit.

L'image du sparadrap m'apparaît à nouveau et, finalement, je réalise qu'elle est fausse. Le pire n'est pas derrière moi, mais devant.

— Ton fiancé ? Le père de ton bébé ? Écoute, Juliette, je te trouve très sympathique, très mignonne, mais je ne crois pas être le père de ton bébé… Je ne savais même pas que tu étais enceinte !

— Bien sûr que je sais que tu n'es pas le père. Mais mes parents, eux, croient que j'ai un fiancé. Et quand ils m'ont demandé comment s'appelait ce fiancé, c'est ton prénom qui m'est venu. Ne me demande pas pourquoi… Je suis vraiment désolée de t'embarquer dans cette histoire. Je comprendrais que tu me demandes de faire demi-tour. Mais je te serais infiniment reconnaissante si tu acceptais de faire semblant juste pour ce soir. Je sais que c'est beaucoup demander. Qui plus est, de la part de quelqu'un qui t'a vomi dessus avant même de faire ta connaissance, j'en suis consciente…

— C'était donc pour ça ?

— Quoi ?

— Les vomissements. C'était à cause du bébé ?

— Oui. Sauf que ce jour-là je ne le savais pas. C'est un peu compliqué à expliquer, mais être enceinte ne faisait pas du tout partie de mes plans, à l'origine. Contrairement à Luc et moi dans cette voiture.

— Et pourquoi tu ne présentes pas le véritable père du bébé à tes parents ? Il n'est pas digne de jouer son propre rôle ?

— Parce que ce bébé a un géniteur mais pas de père. Ça n'était pas censé déboucher sur une grossesse. Je ne l'ai vu qu'une fois… Enfin, bref, je sens bien que maintenant tu penses que je suis cinglée et qu'en plus je suis une fille facile… Alors on va faire demi-tour et je me débrouillerai avec mes parents. Je suis une adulte, il faut que j'assume. Désolée de t'avoir ennuyé…

— D'accord.

— Pardon ??

— Je suis d'accord pour jouer ton fiancé. Ce soir seulement. Et parce que ça peut être drôle.

— Tu es sûr ? « Drôle » n'est pas le mot que j'emploierais pour décrire mes parents, surtout ma mère… Elle t'attend probablement le couteau entre les dents, elle est catastrophée par ma grossesse.

— Oui, je suis sûr. C'est sans doute la chose la plus folle qu'on m'ait demandé de faire, mais je devrais survivre. Les parents m'adorent en général !

Et puis, j'ai très envie de passer la soirée avec une fille un peu cinglée.

Je le regarde. Il a l'air parfaitement sérieux. Et puis il a dit que j'étais mignonne.

Une fois devant chez mes parents, je suis stressée comme un poisson rouge à l'approche de l'épuisette.

— Tu es certain d'être toujours partant ? Mes parents vont sans doute te cuisiner ou te faire des reproches. Ça risque d'être assez pénible.

— Ne t'inquiète pas. Toute cette histoire me fait beaucoup rire. En revanche, comment tu préfères que je t'appelle ? Ma chérie ? Mon poussin ? Mon roudoudou d'amour ?

Je décèle dans son regard de la malice qui ne me dit rien qui vaille.

— Appelle-moi Juliette, ce sera suffisant. Mes parents ne sont pas très fans des effusions de sentiments. D'autant moins que c'est la première fois que je leur présente quelqu'un.

— Tu veux dire que je suis ton premier fiancé ? Enfin… Que je suis *censé* être ton premier fiancé ?

— Eh ! ne me prends pas pour quelqu'un de coincé ! C'est juste que je n'ai jamais vécu de relation suffisamment sérieuse pour avoir envie d'en parler à mes parents.

— Donc, si je résume bien, ce soir, tu présentes un homme à tes parents pour la première fois, et cet homme t'a mise enceinte ?

— Tu as tout compris ! Tu vois pourquoi ça risque d'être tendu.

– 14 –

Ma mère devait être derrière la porte à guetter sa proie. Je remarque tout de suite qu'elle a sa tête des mauvais jours. Cela ne l'a pas empêchée de sortir le grand jeu. Elle porte son tailleur saumon et les petites chaussures crème à bride de son mariage. Ce fameux tailleur, je ne le vois que pour les événements. Les mariages, les baptêmes… « À quoi ça sert de racheter un tailleur alors que je n'ai mis celui-là que quatre fois ? » me répète maman à chaque occasion de le sortir de son armoire. Qu'elle le porte aujourd'hui me laisse penser que ça ne va pas rigoler. Je coule un regard vers Luc, il est tout sourires. En même temps, il ne sait pas, pour le tailleur saumon…

— Bonsoir, maman. Voici Luc, l'homme qui partage ma vie.

— Bonsoir, Luc. Ravie de vous rencontrer. Je désespérais de voir Juliette nous présenter quelqu'un un jour. Même si je ne vous cache pas que tout ceci me paraît un peu précipité.

Elle lui tend la main. Mais, au lieu de la saisir, Luc l'attrape par les épaules et lui claque deux bises bien sonores.

Ma mère se raidit instantanément. Sous le coup de la surprise, elle manque lâcher la canne avec laquelle elle se déplace depuis sa sortie du centre de rééducation.

— Moi aussi je suis très heureux de faire votre connaissance, belle-maman, Juliette m'a beaucoup parlé de vous. J'avais hâte de vous rencontrer.

Ne sachant que répondre, elle nous invite à nous débarrasser de nos manteaux et prétexte une cuisson à vérifier pour s'éclipser.

J'en profite pour donner un coup de coude réprobateur à Luc.

— Ne l'appelle pas belle-maman ! Elle a failli faire une attaque.

— Laisse-moi faire ! Tu vas voir, ça va bien se passer.

J'en doute à présent, et je sens que la soirée va être très longue.

Nous nous installons dans le salon. Mon père est là, il sourit chaleureusement à Luc en lui serrant la main.

— Ravi de vous rencontrer, beau-papa ! Je tenais à vous présenter mes excuses de ne pas vous avoir demandé directement la main de votre fille, mais Juliette m'a dit que vous ne m'en voudriez pas. N'est-ce pas, ma puce ?

Je le fusille du regard.

— Parce que vous allez vous marier ?

Mon père se tourne vers moi, inquiet.

— Oui… Enfin non, pas tout de suite. Il n'y a rien de fixé. Mais avec le bébé qui va arriver, Luc a pensé que ce serait bien d'officialiser les choses.

— Alors nous avons plusieurs nouvelles à fêter ce soir. Tu es heureuse, ma fille ?

— Oui, papa, très. Ne te fais pas de souci pour moi.

Du souci, c'est moi qui m'en fais, maintenant. Je suis moins à l'aise avec ce mensonge que je ne l'aurais cru. J'ai presque envie de leur dire toute la vérité. Jamais je n'aurais dû inventer cette histoire et amener Luc ici. Il a décidé de s'amuser à mes dépens, et il ne me reste plus qu'à acquiescer à ce qu'il va raconter.

Mon regard se fait suppliant, en vain. Luc a toujours cette lueur taquine dans le regard.

— Si tu es heureuse, c'est tout ce qui compte à mes yeux ! poursuit mon père. Luc, je vous souhaite la bienvenue dans la famille.

Pendant l'apéritif, j'ai l'impression d'assister à une comédie de boulevard. Les beaux-parents, le gendre et la cruche. Mise en scène par Luc Tu-vas-voir-tout-va-bien-se-passer. Et Luc Qui-me-trouve-mignonne. Tu parles ! Luc Qui-veut-gâcher-ma-vie, oui !

Et, comme je le craignais, ma mère se lance dans un interrogatoire digne du KGB. J'ai peur que Luc ne lui raconte que nous nous sommes rencontrés aux Alcooliques anonymes, mais il se contente d'un classique coup de foudre au supermarché. Sauf qu'il ponctue chacune de ses phrases par « ma puce » ou « mon amour ». Coincée à un bout du canapé, je suis mortifiée.

Après un moment qui m'a semblé une éternité, nous passons à table. Ma mère, comme toujours lorsqu'elle reçoit, s'est surpassée. Verrines de foie gras à la compotée de poire, puis poulet rôti truffé au beurre d'herbes. Je n'ose pas la contrarier en lui faisant remarquer que le foie gras n'est pas recommandé dans mon état, en raison du risque d'une maladie dont j'ai oublié le nom, en « -mose » je crois, et je glisse discrètement ma verrine à Luc, en priant pour qu'il ait une indigestion.

La discussion va bon train. Mon fiancé d'un soir s'intéresse aux histoires de modélisme de mon père, et il ne cesse de complimenter ma mère sur ses talents de cuisinière. Je commence à me détendre. Peut-être s'est-il rendu compte qu'il me mettait mal à l'aise et que son petit jeu n'était pas drôle. Malheureusement, c'est le moment que choisit ma mère pour repasser en mode KGB.

— Et que faites-vous dans la vie, jeune homme ? Juliette a été très discrète à ce sujet.

Luc me dévisage, un sourire aux lèvres ; je me crispe instantanément sur ma chaise. Il va inventer quelque chose, mais je n'ai pas envie de découvrir quoi.

— Juliette ne vous a pas dit ? C'est vrai que ce n'est pas commun. Mais je n'en ai pas honte, et je gagne plutôt bien ma vie, alors… Je suis comédien.

Je souffle. Comédien. Ça aurait pu être pire. Bien sûr, ma mère va me dire que c'est un métier de crève-la-faim, que je ne pourrai pas compter sur lui pour subvenir à mes besoins et à ceux du bébé… Mais c'est un métier respectable.

— Je suis acteur de charme, je joue dans des films érotiques, précise Luc. Je vous rassure, c'est un milieu bien moins sulfureux qu'on ne le croit !

Je manque recracher ma gorgée d'eau…

— Des films érotiques ? bredouille ma mère. En voilà, en effet, une activité qui n'est pas courante…

Elle semble au bord de l'évanouissement. Elle doit prononcer aussi souvent le mot « érotique » que moi celui de « trophoblaste[1] ». Du coup, elle décide de

1. Souvenez-vous de ce mot parce que, au Ruzzle, c'est le jackpot assuré.

changer de sujet, pour en aborder un qu'elle pense moins risqué.

— Et vos parents, ils exercent toujours ? Votre maman est hôtesse de l'air, si je me souviens bien. Ça doit être passionnant.

— Ma mère ? Oui, oui, elle exerce toujours. Il faut croire que je tiens d'elle, nous aimons tous les deux nous envoyer en l'air ! lâche-t-il en s'esclaffant.

Mon père toussote pour cacher sa gêne. Ma mère attrape son verre d'eau pour faire passer le morceau de poulet avalé de travers.

Et moi, tel du gruyère râpé en train de fondre, je glisse lentement de ma chaise. Si le sol pouvait s'entrouvrir, là, maintenant, ça m'arrangerait.

— Tu m'aides à débarrasser les assiettes ? me demande ma mère en se levant. Je vous ai préparé un cheesecake, c'est le dessert préféré de Juliette. Enfin, si tant est que je connaisse encore les goûts de ma fille…

Je stoppe le mode fromage fondu et me lève pour la suivre dans la cuisine. Luc semble satisfait de lui. Quel abruti ! Comment ai-je pu lui trouver du charme ? Il a dégommé à coups de carabine les papillons virevoltants dans mon ventre. S'il en reste quelques-uns d'ici la fin du repas, je me charge d'eux ! Au lance-flammes.

Trois heures plus tard, trois très longues heures plus tard, de retour au pied de notre immeuble, je bouillonne toujours. Je n'ai pas décroché un mot durant le trajet. Luc, lui, paraissait très détendu.

— Juliette, tu n'as pas ouvert la bouche depuis que nous sommes partis. Ça ne va pas ? Tu pourrais au moins me remercier de t'avoir sauvé la mise. Tout s'est bien déroulé, non ?

— Merci ?! Après cette fantastique soirée ?!

— C'est toi qui as commencé par inventer notre histoire, il me semble ; moi aussi j'ai eu envie de m'amuser un peu avec la vérité.

— T'amuser un peu avec la vérité ? Un peu ? Je te rappelle que tu as dit à mes parents que tu jouais dans des films érotiques ! Ma mère a failli s'étouffer… Et tu leur as raconté que nous allions nous marier ! Que nous avions prévu d'appeler le bébé Rex si c'était un garçon !

— J'ai bien aimé la tête de ton père à ce moment-là. « Rex », avoue que c'est drôle…

— Je ne trouve pas, non !

— Je n'ai pas eu l'impression que tes parents me détestaient quand nous sommes partis.

— Acteur de films érotiques ! Comment je vais leur expliquer ça maintenant… ?

— Tu leur diras la vérité, tout simplement. Que toi et moi ne sommes pas fiancés et que je ne suis pas le père de ton bébé. Ils m'ont l'air gentils, tes parents, ils ne t'en voudront pas. En tout cas pas éternellement. Pourquoi as-tu si peur de ce qu'ils pourraient penser de toi ?

— Parce que toute ma vie j'ai fait ce qu'ils attendaient de moi. J'étais leur petite fille sage et obéissante. C'est comme ça qu'ils m'aiment. Je ne peux pas leur dire trente ans après que tout cela n'était qu'un mensonge. Que je ne suis pas comme ça.

— Tu ne penses pas qu'ils s'en doutent ? Et qu'ils t'aiment malgré cela ?

— Peu importe, tu n'aurais pas dû inventer tout ça !

— Écoute, il n'y a rien de dramatique. Et j'ai malgré tout passé une bonne soirée. Inattendue, mais pas désagréable.

— …

— Allez, ce serait dommage de se quitter là-dessus, poursuit Luc.

— Tu veux qu'on se quitte sur quoi, alors ? lui rétorqué-je sur un ton mauvais.

— Sur ça.

Luc s'avance vers moi et plonge ses yeux dans les miens. Puis, de sa main, il soulève légèrement mon menton et m'embrasse.

– 15 –

Une fois la porte de son appartement refermée, il éclate de rire. Ça, pour une soirée originale, c'était plutôt réussi ! Il se dirige vers la cuisine pour se préparer un café. Il espérait que ce dîner lui permettrait de se rapprocher de Juliette, mais jamais il n'aurait imaginé qu'il rencontrerait ses parents, ni qu'il apprendrait qu'elle était enceinte. Tout ça au premier rendez-vous.

Il ne comprend pas pourquoi à son âge elle a si peur d'être elle-même. Devant ses parents, il a eu le sentiment de voir une petite fille de huit ans, très soucieuse de leur plaire, et surtout de ne pas leur déplaire.

Son café entre les mains, il se remémore la soirée. Il y est peut-être allé un peu fort avec son histoire de films érotiques. Mais il n'a pas pu faire autrement. La situation était tellement tentante. Plus il voyait Juliette se décomposer, plus il avait envie d'en rajouter. Même s'il est convaincu qu'au fond elle a trouvé ça drôle, il sent que pour le moment elle est furieuse contre lui.

Ce dont il est certain en revanche, c'est qu'elle lui plaît. Mais elle est enceinte. Elle va avoir un bébé.

Et, quoi qu'ils aient raconté à ses parents ce soir, il n'en est pas le père. Il ne s'est jamais demandé s'il pourrait élever l'enfant d'un autre. Il s'est toujours imaginé tomber amoureux d'une femme, vivre avec elle, la demander en mariage puis fonder une famille. Un schéma sans doute classique, mais qui lui correspond. Il y a cru avec Alexandra. Sincèrement. Cependant, aujourd'hui, il vit seul dans cet appartement. Célibataire. Et sans enfant.

Il chasse aussitôt le visage de son ex de son esprit. C'est encore trop douloureux. Trop récent. Un jour peut-être il pourra repenser à cette histoire sans amertume ni colère. Pour l'instant, comme chaque fois que l'image d'Alexandra réapparaît, son visage se crispe. Il se lève un peu brusquement et renverse son café brûlant.

Dans la salle de bains, il se débarrasse de sa chemise tachée et fait couler l'eau de la douche. De l'eau bien chaude à former de la buée sur les miroirs. Tout ce qu'il aime et qui, elle, l'agaçait.

Se concentrer sur le présent. Sur Juliette. Sur les sentiments qu'elle lui inspire.

Juliette qu'il trouve si jolie.

Juliette qu'il a envie de serrer dans ses bras.

Juliette qu'il n'aurait pas voulu quitter tout à l'heure.

Juliette, enceinte d'un type qui n'est pas lui.

– 16 –

Emmitouflée dans ma couette, les yeux rivés au plafond, je repense à la soirée. Au repas avec mes parents. À tout ce que Luc a inventé. Je bous encore. Qu'est-ce qui lui a pris ? Comme si je n'étais pas déjà assez mal avec mon mensonge ! Et pour finir, ce baiser… Un de ceux qui vous collent des papillons dans le ventre et transforment vos jambes en coton. Un baiser dont rêvent toutes les filles. Un unique baiser. Et, quand Luc s'est écarté, il a eu ce sourire qui me fait craquer.

Je dois avouer que son « bonne nuit » m'a laissée sur ma faim. J'aurais bien aimé un peu plus. Même si, à en croire l'arrondi de mon ventre, coucher le premier soir ne me réussit manifestement pas. Si seulement je ne m'étais pas laissée aller il y a trois mois… En même temps, sans ce bébé, il n'y aurait pas eu ce dîner et je n'aurais pas eu besoin d'aborder Luc. C'est drôle, quand on y songe.

Machinalement, je caresse mon ventre. Pourtant je ne sens encore rien. Pour l'instant je m'accroche aux battements de cœur entendus pendant l'échographie pour me convaincre qu'il est bien là. Qu'il n'est pas le fruit de mon imagination.

Mon propre geste me surprend. Moi qui ne comprenais pas pourquoi les femmes enceintes passent leur temps les mains sur le ventre… C'est naturel en fait, rien d'autre. Je suis enceinte, et c'est bien réel. Dans quelques mois je vais avoir un bébé. Je serai maman. Dans ce scénario, il manque quand même quelques cases : pas de papa, pas de boulot et pas vraiment de perspectives.

Six mois, ça me semble encore loin, même si je sais que c'est demain.

D'un coup, je suis envahie par une multitude de questions : est-ce qu'il est temps que j'en parle à Marc ? Après tout, c'est son bébé à lui aussi. Est-ce que j'ai le droit de lui cacher cette grossesse ? Est-ce que j'ai le droit de lui imposer mon choix de le garder ? Et Luc ? Est-ce que j'ai envie qu'il fasse partie de cette aventure ? Houlà… je m'emballe ! Comme si nous étions déjà un couple, et sur le point de remonter la nef d'une église… Alors qu'il m'a simplement embrassée. Il ne m'a pas dit : « Juliette, je veux être le père de ton enfant. » Ni même : « Juliette, j'ai envie de te revoir. » Juste : « Bonne nuit. »

Mais qui embrasse une fille comme ça et se contente de lui dire « bonne nuit » ? Dans les films, c'est là qu'intervient le dernier verre. Toujours. Est-ce que Scarlett se serait contentée d'un « bonne nuit » de Rhett ? Non ! Elle aurait tapé du pied et exigé qu'il reste. Mais moi, j'ai dit : « Oui, bonne nuit, Luc. » Quelle cruche !

Alors ce baiser, est-ce le début de quelque chose ? Ou simplement une manière de clore une soirée… Comment l'a-t-il qualifiée déjà… ? Ah oui ! inattendue mais pas désagréable. Un baiser pour clore une soirée inattendue mais pas désagréable. Je revois encore la tête déconfite de ma mère quand nous sommes partis. Acteur de charme... Qu'est-ce que je vais bien pouvoir faire avec ça ?

Pour empêcher mon cerveau de mouliner, et éteindre le feu déclenché par ce baiser, j'attrape mon oreiller et enfouis ma tête dedans. Dors, Juliette !

Neuf heures. La nuit a été agitée. J'ai rêvé que j'accouchais au beau milieu du plateau de tournage d'un film porno. Luc tenait la caméra et ne cessait de me demander d'arrêter de me crisper parce que « ça n'est pas joli à l'écran ». La sage-femme avait la tête de ma mère et me répétait en boucle : « Mais comment as-tu pu nous faire ça, Juliette ? Comment as-tu pu ? » Quelqu'un tambourinait à la fenêtre en hurlant : « Je suis le père, je suis le père ! Laissez-moi entrer ! » Et finalement le bébé n'en était pas vraiment un, il avait déjà des cheveux et toutes ses dents. On aurait dit un enfant d'un an. Ah ! j'oublie un détail : il avait des oreilles de lapin et une queue de chat. TOUT va bien, ma petite Juliette. Tout va très bien !

Après une rapide douche et un copieux petit déjeuner – heureusement les nausées ont une fin –, je m'installe sur le canapé, les jambes repliées, un calepin sur les genoux.

Je mangerais bien encore une dernière tranche de brioche avec du Nutella... C'est fou ce que la grossesse ouvre l'appétit !

Concentre-toi, Juliette, bon sang ! Concentre-toi !

Aujourd'hui, j'ai décidé d'avancer sur mon roman,

et de ne pas bouger de ce canapé avant d'avoir trouvé l'Idée.

Hier, juste avant de m'endormir, la tête dans l'oreiller, j'ai tout de même réussi à prendre une décision. Je me suis donné un délai pour écrire ce livre et l'envoyer à des éditeurs. Un délai court mais qui me paraît raisonnable : trois mois. Si dans trois mois je ne suis pas parvenue à quelque chose, alors je chercherai un nouveau travail.

Je suis consciente qu'arriver enceinte jusqu'aux yeux à un entretien d'embauche ne jouera pas en ma faveur, mais il faudra bien tenter le coup.

Il me reste donc trois mois, quatre-vingt-dix jours, deux mille cent soixante heures. Hier soir, ça me paraissait être une bonne décision, tout à fait réaliste. Ce matin, je me sens comme au pied de l'Himalaya, en robe et sans chaussures.

Deux heures que je mets noir sur blanc des sujets que j'ai envie de creuser, quand enfin un personnage s'impose à moi. Un personnage de femme, en grande souffrance. Puis un prénom. Valérie. Une femme qui quitte tout pour se retrouver. Et qui rencontre d'autres femmes. Emballée, je note frénétiquement tout ce qui me vient à l'esprit. Je suis tellement concentrée que je n'entends pas que l'on frappe à ma porte. Ce n'est qu'à la deuxième série de coups que je réalise que quelqu'un attend que je vienne lui ouvrir. J'abandonne à regret mon stylo. Grrrr… c'est toujours aux moments cruciaux que l'on est interrompu.

C'est Luc. Beau à tomber. Barbe naissante et cheveux légèrement en bataille. Genre Jake Gyllenhaal.

En mieux. Si, si, je vous promets ! De nouveau les papillons font des cabrioles dans mon ventre.

— Bonjour, Juliette. Je voulais t'appeler pour prendre de tes nouvelles, mais j'ai réalisé que je n'avais même pas ton numéro…

Il sort un téléphone de sa poche et fait mine de composer un numéro.

— Allô, Juliette ? C'est moi, Luc. Comment vas-tu ?

Je réprime le sourire qui me monte aux lèvres. Je suis toujours furieuse contre lui, et quand on est furieux on ne sourit pas, c'est la règle.

— Bien… Je vais bien, réponds-je en essayant d'être un peu sèche. Au cas où tu ne t'en souviendrais pas, hier je n'étais pas vraiment dans les meilleures dispositions pour te donner mes coordonnées téléphoniques.

Luc aussi réprime un sourire.

— Tu m'en veux toujours ?

Comment pourrais-je continuer à lui en vouloir ? Alors que je n'ai qu'une envie : plonger mes mains dans ses cheveux et coller ma bouche sur la sienne. Non, Juliette, non. Il t'a fait vivre un cauchemar chez tes parents, donc tu lui en veux. Tu t'en fous qu'il soit canon, sexy et tout ce qui va avec. TU LUI EN VEUX !

— Un peu, oui. Figure-toi que ma mère m'a laissé un message il y a une heure qui disait en substance : « Rappelle-nous, s'il te plaît. Il faut qu'on se mette d'accord sur ce que l'on va dire à la famille concernant le métier de ton ami. Oui, parce que, enfin, tu comprends bien, on ne peut pas leur dire ce qu'il fait réellement… Ta tante ferait une attaque… »

Mais loin de prendre l'air désolé qui s'imposerait dans ces circonstances, Luc éclate de rire. Et si je n'étais pas déterminée à jouer la fille toujours furieuse, je crois que j'aurais ri avec lui. D'ailleurs, je ne peux réprimer un sourire.

— Ce n'est pas drôle, je te signale !

— Si, si, je t'assure ! Allez, je suis certain que tu vas t'en sortir. D'après ce que j'ai vu hier, tu ne manques pas d'imagination, alors tu vas bien trouver quelque chose à leur raconter, pour mon « métier ».

— Si tu le dis…

— Écoute, je voulais te demander si tu étais partante pour aller boire un verre ce soir. Genre une soirée normale. Sans rôle à jouer. Juste toi et moi. Histoire de recommencer les choses dans l'ordre. Qu'en penses-tu ?

— Euh… oui. Je ne crois pas avoir prévu quelque chose, c'est d'accord. De toute façon ça ne peut pas être pire qu'hier !

— J'ai invité quelques amis en fin de journée pour faire un poker. On devrait terminer vers 21 heures. Je viendrai te chercher. Ça te convient ?

— C'est parfait.

Il fait mine de raccrocher son téléphone fictif, puis m'embrasse sur une joue et tourne les talons.

De face comme de dos, Luc est la perfection incarnée. Tout a l'air si simple pour lui. De nouveau, les papillons m'assaillent et mes jambes veulent me lâcher. Je m'adosse à la porte pour reprendre mes esprits. Ça doit être les hormones, ce n'est pas possible autrement.

Je décide d'envoyer un message à Nina. Telle que je la connais, elle doit avoir les yeux rivés à son portable depuis hier soir.

< Soirée mémorable. Mes parents pensent que je vais me marier avec un acteur porno. Acteur porno qui m'a embrassée à l'issue de la soirée… Divinement bien. >

Hop ! Envoyé. Et à peine quelques secondes plus tard mon téléphone réagit : *Poupoupidou*[1] *!*

< J'espère qu'il ne va pas te convaincre de le suivre dans cette voie… J'ai moyennement envie de voir la marraine de ma fille les jambes en l'air avec pour seul vêtement des bottes de cow-boy… Alors c'est vrai, il embrasse bien ? >
< Lèvres douces et fermes. Euh… Pourquoi des bottes de cow-boy ? >

Poupoupidou

< Miam ! Pour les bottes de cow-boy, aucune idée. >

Je repose mon téléphone et reprends mon crayon. *Poupoupidou*

< Bon, tu m'expliqueras quand, cette histoire de porno ? Quand Bruce Willis aura des cheveux ? >

1. Oui et alors ? Marilyn c'est quand même mieux que « Pouêt pouêt » ou « Dring dring » comme sonnerie !

L'après-midi passe à la vitesse de l'éclair. Je travaille un peu à mon roman, j'envoie des textos à Nina, je rêvasse beaucoup… Je perds aussi un temps infini à trouver une robe dans laquelle je peux caser mon ventre sans avoir l'air trop enceinte, je m'aperçois que ma garde-robe est désespérément monochrome.

Après moult hésitations entre une robe noire, un pantalon noir et une tunique noire, cafard… À 20 h 30, je suis enfin prête et pas trop mécontente de l'image que me renvoie le miroir. Cheveux légèrement relevés, robe noire – le pantalon et la tunique, ça faisait un peu Mafia sicilienne, et sans borsalino, c'était pas crédible –, une touche de maquillage. Je me trouve plutôt jolie.

À 21 heures pile Luc sonne. En plus il est ponctuel. Il m'embrasse sur la joue. Suis-je condamnée à revivre éternellement cette frustration ?!

— Tu es ravissante.

Je rougis. Une vraie collégienne… Reprends-toi, Juliette !

— Merci. Tu n'es pas mal non plus.

Ouah, quelle repartie ! Digne de l'actrice qui reçoit un oscar et affirme ne pas avoir préparé de discours tout en sortant une feuille.

En traversant le hall d'entrée, j'aperçois un homme qui semble venir à notre rencontre.

— Tu as oublié quelque chose, Marc ? lui demande Luc avant de se tourner vers moi. Juliette, je te présente Marc. Un ami avec lequel je joue notamment au poker. Marc, Juliette, une amie.

Je blêmis. Marc aussi.

— Tiens… Juliette ! Comment vas-tu ? Je voulais t'appeler mais j'ai eu beaucoup de boulot…

Luc nous regarde alternativement.

— Vous vous connaissez ?

Je suis désemparée. Par chance, Marc prend les devants :

— Oui, enfin on s'est déjà vus. Juliette et moi avons bu un verre ensemble il y a quelques mois.

Son regard se pose sur mon ventre, c'est furtif, mais lorsque de nouveau ses yeux croisent les miens, je sais qu'il sait. C'est bien ma veine. Marc et Luc, copains de poker. C'est la cerise sur le cupcake ! Pourquoi faire simple quand on peut faire compliqué ?

Luc a choisi un bar à l'ambiance intimiste. Je reconnais les notes d'un morceau de jazz qu'écoutait mon père lorsque j'étais petite. Box avec fauteuils club. Petites tables rondes avec bougies. J'ai commandé un *sex on the beach* sans *sex* – sans alcool donc… –, Luc un gin tonic. Il ne parle pas beaucoup. Il reste la main posée sur son verre, le regard dans le vague.

— Tu as l'air contrarié. Ça ne va pas ? J'ai dit ou fait quelque chose qu'il ne fallait pas ?

Il lève enfin les yeux pour les plonger dans les miens. Instantanément, j'ai chaud.

— Je ne savais pas que tu connaissais Marc, répond-il un peu froidement.

C'était donc ça. Je m'en doutais.

— Je ne savais pas non plus que Marc était l'un de tes amis.

— Tu le connais bien ?

— Non. Nous avons juste bu un verre un soir il

y a quelques semaines. J'étais déprimée à cause de ma démission. J'avais besoin de changer d'air. Nous avons bavardé, c'est tout. Il n'y a pas de quoi fouetter un chat.

— Pourtant vous paraissiez gênés tout à l'heure.

— Tu admettras que c'est un peu étrange de croiser un type qui m'a draguée et de découvrir qu'il est l'un de tes amis. Pour lui aussi ç'a dû être gênant. Mais ça s'arrête là.

Luc baisse de nouveau les yeux sur son verre et joue à faire tinter les glaçons.

— Luc, on ne va pas gâcher notre soirée pour ça. Je n'en ai rien à faire de ce type, je le connais à peine. Et il ne s'est rien passé entre nous.

Appelez-moi Pinocchio. Je me retiens de me mordre la lèvre et de croiser les doigts lorsque je m'entends proférer ce mensonge. Mais je ne peux pas faire autrement. « Tu sais, ton copain Marc, eh bien, j'ai couché avec lui alors que je le connaissais depuis une heure. Et tu veux en entendre une bonne ? C'est lui le géniteur. Ha ha ! c'est drôle, non ?! » Non, je ne peux décemment pas lui dire une chose pareille. Et puis, a-t-il besoin de savoir ? Je décide que non.

Je décide aussi que je reconsidérerai la question plus tard.

— Méfie-toi, si tu continues à faire la tête, je t'invite de nouveau à dîner chez mes parents ! Ou pire, je t'oblige à manger un repas que j'aurai moi-même préparé !

Il stoppe son petit jeu avec son verre. Et un sourire se dessine malgré lui sur ses lèvres. Il éclate de rire.

— Je ne vois pas ce qu'il y a de drôle ! Et je n'ai

pas encore rappelé ma mère suite à son message, alors je serais toi…

Toute trace de contrariété a disparu de son visage.

— Je crois que je l'aime bien, ta mère, en fait. Et, qui sait, peut-être que finalement tu n'auras pas besoin de leur avouer que c'était un mensonge. Je veux dire, on peut faire en sorte que ça n'en soit pas un.

Oh my God ! Est-ce que je comprends bien ? Il semble sérieux. C'est moi ou il fait chaud ici ?

— J'y mets une condition, alors : tu changes de métier !

— Ce serait dommage pour toi. Tu sais ce qu'on dit sur les acteurs porno…

Je sens le feu me monter aux joues. Il y a moyen de baisser le chauffage dans ce bar ?

Il est 23 heures. La musique a été éteinte, nous sommes les derniers clients. Luc propose que nous rentrions. Il n'y a que quelques centaines de mètres à parcourir jusque chez nous. Enfin, jusqu'à notre immeuble, ne nous emballons pas.

Luc glisse sa main dans la mienne. Et si on s'emballait, après tout ?

— Je vous dépose, mademoiselle ?

Je serre ses doigts.

Cinq minutes plus tard nous sommes déjà devant ma porte.

Comme la veille.

Je m'aperçois que je ne suis plus en colère contre lui. Plus du tout. Je ne pense plus aux mensonges, à mes parents, à Marc. Il n'y a que Luc et moi.

Hier il m'a prise par surprise avec son baiser. Ce soir, j'essaie de m'y préparer pour mieux en profiter. Je romps le silence :

— J'ai passé une très bonne soirée. Merci.

— Moi aussi. Bon, il est tard. La future maman a besoin de sommeil.

Et sur ces mots, il se penche, m'embrasse sur la joue et tourne les talons.

Je reste plantée là et le regarde s'éloigner. *Whaaaat ??!!* C'est tout ? Une bise ! Pas de baiser passionné plaqués contre la porte ? Pas de jambe que l'on attrape et que l'on remonte jusqu'à la taille ? Jamais, je crois, je n'ai ressenti une telle frustration.

D'un coup, la colère refait surface. Je m'apprête à le lui faire savoir quand soudain il se retourne et se dirige vers moi. Je m'attends à tout. « Pense à bien fermer ta porte », « N'oublie pas de mettre ton réveil demain » ou pire : « Ta robe est coincée dans ta culotte ».

— Tu ne croyais tout de même pas que j'allais partir comme ça ?

Il passe un bras derrière mon dos, m'attire contre lui et je ferme les yeux.

– 17 –

Je me laisse tomber tout habillée sur mon lit. Comment tout cela peut-il m'arriver ? À moi, Juliette ! La petite fille à nattes et souliers vernis. Une Juliette sans une once de Roméo dans les veines. Finalement, c'est un peu grâce à Kathy cette histoire. Si elle ne m'avait pas traitée comme une moins-que-rien, comme une crotte de chien sous une chaussure, je n'aurais pas démissionné. Je n'aurais pas couché avec le premier venu – ce qui n'était pas l'idée du siècle, je vous l'accorde –, je n'aurais pas eu besoin de présenter un fiancé à mes parents, je n'aurais jamais parlé à Luc… Ah ! Luc… Son seul prénom fait bouillir mon sang.

Pas un cauchemar ne vient troubler ma nuit et c'est le réveil qui me tire de mes rêves à 9 heures. Tiens, je porte encore mes vêtements de la veille. Je m'étire, déboutonne ma robe et me glisse sous la couette. Je ferme de nouveau les yeux lorsqu'un *poupoupidou* m'avertit de l'arrivée d'un message. C'est peut-être Luc !

< J’exige que tu me racontes TOUT. >

Nina…

< Il n’y a rien à raconter… >
< Quoiiiiiiiii ????!!!!! >

Je l’imagine au bord de l’apoplexie dans son salon.

< Enfin je veux dire, on a discuté. On a rigolé. Et puis il m’a raccompagnée. »

Je laisse passer quelques secondes et ajoute :

< Ah oui, il m’a embrassée aussi. Plusieurs fois. >
< Je te maudis, Juliette Mallaury ! Ta méchanceté te perdra. >

Je cherche ma prochaine réplique quand me revient à l’esprit « l’incident » de la veille. Marc.

< Par contre, gros gros problème. Au moment de partir, on a croisé Marc. >
< Marc ? >

< Le type avec qui j'ai couché. Le géniteur ! >

< C'est un copain de Luc ? Noooooon... >

< C'est la cata, hein ?! Priorité *number one* : me sortir de cette galère. >

< Ce soir chez Angelo ? >

< OK, 19 heures. >

— Bonjour, les filles, comment allez-vous ? Ça fait longtemps que je ne vous ai pas vues ! nous lance Angelo à notre arrivée.

— Bonjour, Gilbert ! Et vous, comment ça va ? Votre femme ? Vos enfants ?

Oui, en réalité, Angelo s'appelle Gilbert. Il rêvait d'ouvrir une pizzeria mais « Chez Gilbert » ça ne faisait pas assez italien.

Dès que nous avons découvert son établissement, Gilberangelo nous a conquises et *Chez Angelo* est rapidement devenu notre quartier général. Le restaurant est situé dans une rue animée du centre-ville. Nous nous y retrouvons à chaque crise. Comme le jour où Nina a prétendu avoir une pneumonie pour décaler un oral et qu'elle a croisé le prof dans un bar. Celui où elle a rencontré Martin et où on a rédigé ensemble le texto à lui adresser après. Sans oublier la fois où j'ai envoyé Kathy se faire voir chez les Grecs. Ce soir-là, Nina a dû me convaincre que 1) j'avais bien fait, et que 2) Kathy ne méritait pas les Grecs...

Après les politesses d'usage, la varicelle de la petite et la crise économique, nous sommes enfin installées à notre table, à attendre nos lasagnes « spéciales Angelo », c'est-à-dire avec double dose de parmesan.

— Bon, Juliette, reprenons là où nous nous sommes arrêtées. Hier, alors que tu sortais avec Luc, tu as croisé Marc dans le hall. Mais qu'est-ce qu'il faisait là ?

— Il venait de faire un poker chez Luc et il avait oublié sa veste. Oui, ils sont copains. Quelle chance, hein !

— Et Luc, il l'a pris comment ?

— Il a pris quoi comment ?

— Eh bien, d'apprendre que Marc était le père du bébé !

— Je ne lui ai rien dit ! Juste que nous avions bu un verre, que Marc m'avait un peu draguée et c'est tout. Qu'est-ce que tu voulais que je lui raconte d'autre ?

— Je ne sais pas... La vérité, par exemple !

— Tu ne lis pas assez de romances. *Jamais* on ne dit la vérité dans ce type de situation, on invente n'importe quoi pour s'en sortir !

— Hum... C'est plutôt toi qui en lis trop, si tu veux mon avis. Ôte-moi d'un doute, les personnages de tes romances, ils réussissent à s'en sortir, de leurs mensonges ? Ton accro au shopping, par exemple, elle termine comment ?

— Euh... Joker ! Nina, je suis dans une galère noire...

— Laissons Luc de côté. S'il a cru à ton histoire pour le moment, ça te laisse le temps de réfléchir. Commençons par Marc plutôt. Comment vas-tu lui annoncer qu'il est le père du bébé ?

— Le géniteur, pas le père. Tu le fais exprès ?!

— Tu joues sur les mots... Que tu l'appelles le géniteur, le donneur de sperme, ou encore le coup d'un soir avec bonus à la clé, tu sais bien que, le bébé que tu portes, c'est avec lui que tu l'as fait. Il en est donc le père. Pourquoi est-ce que tu ne veux pas qu'il fasse partie de cette histoire ? Peut-être qu'il en aurait envie ? Peut-être qu'il serait un père formidable ?

— Non, je ne veux pas. Je ne veux pas de lui dans le scénario. La mère, le bébé et le géniteur, ce n'est pas comme ça que les choses doivent se passer.

— Mais pourquoi, Juliette ?

— Parce que ! Parce que c'est un gars avec qui j'ai couché une seule fois, que je ne le connais pas. Parce que si ça se trouve il ronfle, il pue des pieds. Parce que c'est peut-être un pervers, qu'il n'aime pas les chiens… Parce que ce n'est pas « Lui », l'homme que j'aurais choisi pour être ma moitié. C'est comme si, en l'incluant dans l'équation, je perdais à jamais la possibilité de rencontrer celui qui est fait pour moi. Comme si je renonçais à mes rêves de gamine. Je ne sais pas comment je pourrais t'expliquer ça plus clairement, Nina. Je sais seulement qu'au plus profond de moi je ne veux pas de lui.

— Ou alors tu prends les devants pour le cas où il ne voudrait pas de toi, de vous.

— Pourquoi voudrait-il de nous ? Pour lui, je suis un coup d'un soir, exactement comme il l'est pour moi. Il n'a rien demandé, moi non plus. Donc, il n'y a pas de « nous ». Même si ça me fait de la peine.

— Il va falloir que tu lui en parles. Tu n'as plus le choix maintenant. Il t'a vue, donc il a peut-être remarqué que tu étais enceinte. Et c'est un copain de Luc. Donc s'il lui raconte que vous vous êtes adonnés à une partie de sexe post-trop-de-shots-de-tequila, tu es foutue.

Je pique rageusement dans mes lasagnes avant de

m'apercevoir que la sauce tomate me soulève le cœur. C'est donc comme ça quand on est enceinte ? On ne peut plus manger les choses qu'on adore ? Soupirs…

— Tu as raison, je vais lui parler. Je vais lui dire qu'il est le géniteur, mais qu'il n'a aucune obligation. Et que je n'attends rien de lui.

— Ça risque d'être sympa comme discussion…, conclut Nina en dévorant ses lasagnes. Bon, maintenant que ce point est réglé, abordons le sujet qui a le plus d'intérêt : il embrasse si bien que ça, Luc ?

– 18 –

Nina a raison. Elle a toujours raison. Et ça m'agace. Même au Trivial Pursuit elle trouve toujours les bonnes réponses. Mais, de là à ce que ce soit facile de téléphoner à Marc… Chaque jour qui a suivi notre soirée chez Angelo, j'ai tenté de me motiver. *Allez, aujourd'hui je l'appelle.* Et puis c'était déjà le soir. Une chose en entraînant une autre, il s'est passé une semaine avant que je ne me décide enfin.

— Allô, Marc ? C'est Juliette. Tu sais…

— Je sais très bien qui tu es. Je me doutais que tu finirais par m'appeler.

— Il faut qu'on se voie. Pour… enfin, pour parler de tout ça.

— Comme tu veux. Mais je n'ai pas beaucoup de temps, je pars en vacances à la fin de la semaine.

— Un café demain, ça te va ? Rassure-toi, je n'en aurai pas pour longtemps.

— Demain, 13 heures, au même endroit que la première fois ? Tu t'en souviens au moins ?

— Je ne risque pas d'oublier… À demain.

Non, c'est sûr, je ne risque pas d'oublier. Ni le bar, ni la soirée. Ni le bébé.

Cela fait près de cinq minutes que nous sommes assis l'un en face de l'autre, dans un silence glacial. Marc tourne sa cuillère dans son café tandis que je scrute les glaçons en train de fondre dans mon diabolo menthe. Nous n'avons pas encore échangé le moindre mot. Le premier que l'un de nous prononcera donnera le ton de la discussion, alors manifestement ni lui ni moi n'osons.

Je lève les yeux vers lui. Il a terminé de jouer avec sa cuillère et me regarde fixement. Je suis mal à l'aise.

— Donc tu es enceinte ?

— C'est direct comme question ! Même pas un « Comment tu vas » ?

— Écoute, Juliette, toi comme moi on sait bien qu'on n'est pas là pour se faire la causette.

— C'est vrai, tu as raison. Même si je vais bien au passage. Bref. Oui, je suis enceinte.

— Et je suis le père ?

— Le père, non. Le géniteur, oui.

— Tu joues sur les mots.

— C'est ce que me dit ma meilleure amie, mais la nuance est importante pour moi.

Je m'en veux d'être aussi cassante. Mais c'est plus fort que moi. Ce type assis en face de moi, je ne l'ai pas choisi pour faire partie de ma vie.

— Comment ça a pu arriver ?

— Tu étais là, il me semble. Donc tu sais comment on est arrivés dans mon lit…

— Mais j'ai mis un préservatif !

— Eh bien, il faut croire que ce n'est pas fiable à 100 %, finalement. Ou que tu es d'une fertilité incroyable !

Je laisse échapper un rire, mais il sonne faux.

— Tu as essayé de me piéger ? Tu voulais te faire faire un gosse ?

— Alors là, je t'arrête tout de suite. Avoir un enfant n'était franchement pas dans mes projets, ni la veille, ni le lendemain, ni l'année prochaine. Pour moi aussi, ça a été un choc.

— Tu l'as découvert trop tard ? Tu ne pouvais plus te faire avorter ?

— Je crois que je n'aime pas la tournure que prend cette discussion… Je n'ai pas envie de ça…

— Et moi ? Tu crois que j'ai envie d'avoir un gamin ? Tu crois que j'ai envie d'être là aujourd'hui avec toi à discuter de ce bébé que tu m'imposes ? D'ailleurs, si tu m'avais appelé avant, je t'aurais dit que je n'en voulais pas.

— Je ne t'impose rien. Rassuré ? Garder ce bébé, c'est ma décision. J'ai estimé que c'était à moi et à moi seule de décider. Tu peux me traiter d'égoïste, tu aurais sans doute raison. Toi et moi on a juste couché ensemble. Il n'y a pas grand-chose à dire d'autre. Ce bébé, s'il est là aujourd'hui, c'est parce que je le veux. Il a été conçu dans une salle d'attente, le jour où j'ai décidé que je ne subirais pas d'IVG… Voilà qui répond à ta question. Oui, j'ai songé à interrompre cette grossesse. J'avais même pris rendez-vous. Mais je n'ai pas pu. Tu peux m'en vouloir, ça m'est égal. Je voulais juste qu'il n'y ait pas de malentendu. Si on ne s'était pas croisés l'autre jour… Enfin bref, je te devais une explication.

— Tu as raison. On a juste couché ensemble. Je ne suis pas le père de ce bébé. C'est toi qui as décidé que tu en serais la mère. Pas moi. Ça tombe bien que tu ne veuilles pas que je fasse partie du paysage parce que je n'ai pas l'intention d'y rester ne serait-ce que deux secondes. C'est toi qui devras expliquer à ton enfant qu'il n'a pas de père. Moi je m'en fiche. C'est ta décision, pas la mienne. Sur ce, j'ai un gros client à aller voir, donc je te souhaite bonne continuation.

Je le regarde s'éloigner. Je ne peux plus retenir mes larmes. Je ne voulais pas de lui, il ne sera pas là. Je devrais être soulagée, au lieu de ça je pleure... Fin du rêve maman + papa. Je pleure pour mon bébé qui n'est pas encore là. Est-ce que je saurai le lui expliquer ? Est-ce qu'il m'en voudra de ne pas avoir cherché à convaincre son « père » ? Et, s'il avait voulu faire partie de sa vie, est-ce que je l'aurais laissé ?

Une douleur fulgurante, comme un coup de poignard dans la poitrine, me coupe le souffle durant plusieurs secondes. Il faut que je rentre m'allonger, ça ira mieux. Je tente de faire un pas, un deuxième coup me transperce le bas du dos, un troisième le ventre. Je n'arrive plus à reprendre ma respiration. Puis un quatrième... Instinctivement, je pose les mains sur mon ventre.

Mon bébé... Non, pas ça...

– 19 –

Luc aime ces soirées entre copains. Ces parties de poker avec bière et pizza sont incroyablement cliché, mais peu importe.

Ils seront quatre ce soir autour de la table. Marc ne devrait plus tarder à arriver.

Il a bien senti que Juliette était mal à l'aise lorsqu'ils se sont croisés dans le hall la dernière fois. Il se demande ce qui s'est passé entre eux. Elle a été plutôt évasive quand il a essayé d'en savoir plus.

Il en est là de ses pensées lorsqu'on frappe à la porte. C'est Marc.

— Je suis désolé, les gars, un rendez-vous avec une fille ce midi a décalé tout mon planning de la journée.

— Ah oui ? Tu ne nous avais pas dit que tu voyais quelqu'un ! Elle est comment ? Brune ou blonde ? Grande ou petite ? plaisante Dorian.

— Ni l'un ni l'autre. C'est tout l'inverse de ce que vous croyez. C'était même plutôt désagréable comme rendez-vous. J'ai bien besoin d'une bière maintenant.

Marc s'assoit et ouvre une bouteille.

— Alors, accouche ! fait Gildas.

— C'est drôle que tu dises « accouche », parce

que c'est tout à fait ça. J'ai couché avec une fille il y a quelques mois, et maintenant elle est enceinte. Elle voulait me l'annoncer, elle n'a pas été déçue du voyage !

— Comment ça ? demande Luc.

— Eh bien, je lui ai dit que je n'en voulais pas, de ce gosse. Que si elle me l'avait appris avant, je lui aurais demandé de se faire avorter. C'est tout de même incroyable, ces nanas qui pensent qu'elles vont pouvoir nous piéger en se faisant faire un môme. D'ailleurs, elle m'a dit que j'étais le père, mais si ça se trouve c'est pas vrai. Je ne la connais même pas, cette fille.

— Tu as couché avec elle. Donc s'il s'avère que c'est bien toi le père, ça te concerne quand même un peu, que tu le veuilles ou non.

— Ça ne m'étonne pas de toi, Luc. Quel gentleman ! J'ai utilisé un préservatif, donc mes intentions étaient claires. Mais au fait, tu la connais, cette fille. Tu étais avec elle lorsqu'on s'est croisés l'autre soir. Juliette.

Luc blêmit.

— Pardon ? C'est Juliette que tu as vue ce midi !? Et tu lui as dit de se démerder toute seule ?

— Ne t'énerve pas, Luc. Je ne savais pas que vous étiez proches. Mais moi je n'en veux pas de ce gamin, alors je ne vois pas pourquoi je devrais m'en inquiéter.

— Parce que tu es le père. Ça me paraît suffisant comme raison. Et, crois-moi, tu n'imagines pas à quel point ça me contrarie que ce soit toi.

— Ah, mais je ne suis le père de personne ! J'ai couché avec Juliette, rien d'autre. Ça n'est pas mon problème.

Luc se lève d'un bond et attrape Marc par le col de la chemise.

— Tu es un vrai salaud. J'avais des doutes depuis quelque temps, mais là, c'est confirmé. Le bébé de Juliette mérite bien mieux que toi comme père. Alors maintenant tu vas te barrer d'ici, je ne veux plus jamais que tu mettes les pieds chez moi.

— Eh bien, je ne savais pas qu'elle te plaisait à ce point-là, Juliette. Tu verras, sous ses airs de petite fille sage, elle est plutôt douée au lit ! Enfin, vu son état, je ne sais pas si tu pourras le vérifier tout de suite…

Luc se jette sur Marc et lui envoie son poing dans la figure. Marc titube, son nez pisse le sang, mais il est prêt à se jeter sur Luc à son tour.

Heureusement, Gildas et Dorian s'interposent et les séparent.

— Arrête, Luc, ça va trop loin maintenant, dit Dorian.

— T'inquiète, répond Marc, je m'en vais. Je te la laisse, ta *Juliette*, crache-t-il à Luc en récupérant ses affaires.

Luc pense à ce que vient de vivre Juliette. Elle doit être dans un état pitoyable. Quel salaud ! Comment peut-on manquer à ce point de classe ?

Pourquoi ne lui a-t-elle pas dit que c'était Marc le père de son bébé ? Elle n'a pas confiance en lui ? Elle pensait peut-être que ça changerait quelque chose entre eux.

Il faut qu'il l'appelle pour s'assurer qu'elle va bien. Malgré la douleur qui irradie dans son poignet, il attrape son téléphone dans sa poche.

Il a reçu un SMS. De Juliette. Elle est à l'hôpital.

– 20 –

— Tu nous as fait une belle frayeur, Juliette !

Depuis que Nina a débarqué en trombe dans ma chambre d'hôpital, elle me répète en boucle combien elle a eu peur pour moi. Même si j'aspire à un peu de calme pour faire retomber mon angoisse, ça me touche qu'elle s'inquiète autant. Je n'ai pas beaucoup d'amies, mais à elle seule Nina en vaut des dizaines. Elle est la première personne que j'ai appelée, une fois dans le camion des pompiers. J'étais complètement paniquée, et en pleurs. Je ne sais même pas comment elle a pu comprendre ce que je baragouinais : « Bouhouhou, peur, bouhouhou, mal au ventre, bouhouhou, le bébé… » Elle s'est contentée de me dire : « J'arrive ! » Oui, une amie telle que Nina c'est précieux.

— Et moi donc ! Je n'ai jamais eu aussi peur de toute ma vie. Quand tu penses qu'il y a trois mois j'étais dans une salle d'attente, sur le point de tirer un trait sur cette grossesse… Et là, hier, alors que les douleurs s'amplifiaient, je ne pouvais pas détacher mon esprit de mon bébé. J'avais tellement peur pour lui. Tellement peur que tout s'arrête. C'est fou, non ?

— C'est la magie de la maternité. On se sent mère avant de l'être pour de vrai. Que t'ont dit les médecins ?

— Qu'il faut que je fasse attention. Pas de stress. Et surtout du repos, rester le plus possible allongée. Heureusement, ils ont réussi à stopper les contractions. Mais apparemment il s'en est fallu de peu pour que ce soit le drame.

Nina se lève du fauteuil pour venir s'asseoir sur le rebord du lit et mettre sa main sur mon ventre.

— Pas de blague, hein, toi là-dedans !

Je pose ma main sur la sienne.

— J'ai beaucoup de chance, Nina. Je ne sais pas si je te l'ai déjà dit, mais t'avoir à mes côtés pendant cette grossesse me rassure énormément. D'autant qu'il est maintenant acté qu'il n'y aura que Juliette et Têtard Ier…

Je ris. Ou plutôt je tente de masquer mon désarroi. Quelque chose que je maîtrise parfaitement.

— C'est vrai, je ne t'ai pas demandé comment s'était passé ton rendez-vous avec… Comment s'appelle-t-il, déjà ?

— Marc. Il s'appelle Marc. Ça ne s'est pas très bien passé. Il ne veut rien avoir à faire avec le bébé. Il estime que ça ne le concerne pas. Si je lui en avais parlé avant, il m'aurait demandé d'avorter. Voilà le résumé de la conversation, tout à fait désagréable.

— Attends, je ne comprends pas… Ce n'est pas ce que tu voulais ? Tout ton discours, chez Angelo, sur la distinction entre le « géniteur » et le « père », que tu ne voulais pas de lui dans cette histoire… Tu devrais être contente qu'il ne veuille pas de ce bébé !

— Non… Enfin oui… C'est bizarre… D'un côté, je suis soulagée. Mais d'un autre, je crois que j'aurais aimé qu'il ait lui aussi envie de cet enfant. Pas pour moi. Mais pour lui. Et puis je culpabilise. J'ai l'impression que je prive mon bébé de son père. J'ai peur qu'il ne me le pardonne jamais…

— Tu sais, je crois qu'il vaut mieux un père absent qu'un père qui ne veut pas de lui. Tu as dit à Marc que tu ne voulais pas de lui, et il n'a pas cherché à s'imposer dans le scénario. Donc, tu as fait ce qu'il fallait. C'est tout ce qui compte.

Les larmes me montent aux yeux. Je pose mes mains sur mon ventre.

— Tu te rends compte que j'ai failli m'en débarrasser ? Comment je vais pouvoir lui raconter tout ça ?

— Eh bien, tu lui diras que tu as eu peur, que tu t'es sentie perdue, mais que l'amour que tu ressentais déjà pour lui l'a emporté. Et que tu l'aimes encore plus fort depuis.

— Qu'est-ce que je ferais sans toi, Nina… ?

— Je me le demande parfois ! Bon, changeons de sujet, les médecins ont dit : pas de stress inutile. Alors, quelles sont les news du côté de Luc le beau gosse ?

J'essuie mes larmes. Elle a raison. On s'en fout de Marc. Je ne vais pas me gâcher la vie pour un type dont, de toute façon, je ne voulais pas.

— Il est adorable. Il m'a appelée ce matin. Je lui avais envoyé un texto hier pour lui dire que j'étais hospitalisée. Quand je lui ai expliqué que j'avais eu des contractions, il a eu l'air sincèrement inquiet. Il m'a fait promettre de rester allongée, en précisant que, s'il le fallait, il me porterait jusqu'à sa voiture le jour de ma sortie !

— Si j'étais toi, j'en profiterais ! Je ne serais pas contre faire un petit tour dans ses bras moi aussi…

— Il devrait passer me voir en fin d'après-midi.

— Tu vas lui expliquer pour Marc ?

— J'y ai réfléchi, je ne crois pas que ce soit une bonne idée. Après tout, Marc ne veut pas de cet enfant. Donc c'est comme s'il n'existait pas. Et j'ai peur que ça ne casse quelque chose entre nous s'il apprend que je suis enceinte de Marc. Et comme je meurs d'envie qu'il se passe quelque chose…

— Tu ne trouves pas qu'il est un peu timide de ce côté-là, d'ailleurs ?

— Timide, du genre il ne m'a pas sauté dessus ni arraché furieusement mes vêtements ? Pour être honnête, je n'attends que ça ! Passer ma main dans ses cheveux. Me coller à lui. Sentir sa bouche dans mon cou, enrouler mes jambes autour de ses hanches[1]. Mais je suis enceinte, il y a mieux pour débuter une relation, tu ne crois pas ? Peut-être que je ne suis pas désirable à ses yeux…

— Ou alors il attend que tu prennes l'initiative. Si tu veux qu'il se passe quelque chose, il va falloir te dévergonder un peu, ma petite Juliette !

Nous gloussons comme deux adolescentes. Je me sens mieux. Comme toujours, Nina a su trouver les bons mots.

Quelques coups frappés à la porte nous obligent à reprendre notre sérieux.

1. Oui, dans mes rêves érotiques avec Luc, je suis souple comme une liane.

Luc surgit de derrière un énorme bouquet de fleurs.
— Oh… Luc ! Tu ne devais pas venir en fin d'après-midi ?
— Tu n'es pas contente de me voir ?
— Si, si, bien sûr. Je suis même très contente ! Tu te souviens de Nina ?
— Je me souviens très bien de Nina, et du jour où je l'ai rencontrée, d'ailleurs.
Il me fait un clin d'œil et je rougis au souvenir de mon malaise…
— Un rendez-vous au bureau a été annulé, alors j'en ai profité pour passer plus tôt. Comment te sens-tu ? Comment va le bébé ?
— Le bébé et moi allons bien. Je n'ai plus de contractions. Je devrais pouvoir sortir d'ici après-demain.
— Bonne nouvelle ! Je suis soulagé que tout aille bien.
Tandis qu'il cherche où poser le bouquet, je remarque un bandage sur sa main.
— Tu es blessé ? Rien de grave, j'espère ?
Il semble gêné par ma question.
— On va dire que j'ai fait savoir à quelqu'un hier soir que je trouvais son attitude déplorable. Un pauvre type qui n'assume pas les conséquences de ses actes et qui se conduit comme un lâche.
Il me regarde droit dans les yeux, et je comprends instantanément.
— Je suis vraiment désolée que tu l'aies appris. Je ne veux pas jouer les perturbatrices. Marc et moi, on ne s'est vus qu'un soir. Et bien sûr, avant qu'on se croise dans le hall tous les trois, j'ignorais totalement

que tu le connaissais. Je n'ai pas osé te le dire. Je t'en prie, ne m'en veux pas…

— Tu n'as pas à t'excuser. C'est lui qui s'en est vanté hier soir. Je crois qu'il ne s'attendait pas à ma réaction.

— C'est ma faute, je m'en veux…

— Oui, tu peux ! Il va falloir te faire pardonner. À cause de toi, maintenant, il me manque un joueur de poker !

J'ai bien une idée, mais bon…

– 21 –

Je n'en peux plus de cette chambre d'hôpital avec vue sur parking. Ça ne devait durer que deux ou trois jours, ça en fait sept. Une semaine, une très longue semaine, avec quatre murs blancs pour seul décor. En plus on étouffe dans cet hôpital. Ils n'ont pas dû réaliser qu'on est en juillet. Unique consolation, les trente minutes quotidiennes de contrôle du rythme cardiaque du bébé. Trente minutes de bonheur intense à écouter son petit cœur battre.

Hier, il m'a fallu ça pour oublier la visite de ma mère. Non pas que je n'aie pas été touchée qu'elle s'inquiète pour le bébé. Mais passer une heure à lui promettre que non, je n'allais pas devenir actrice de charme, et que non, Luc n'allait pas m'entraîner sur les pentes vertigineuses de la drogue... Là je me serais bien contentée de mes quatre murs silencieux.

Ce matin, lorsque le médecin m'a annoncé que j'allais pouvoir sortir l'après-midi, qu'il n'y avait plus d'inquiétude à avoir si j'étais raisonnable dans les semaines à venir, j'ai failli lui sauter au cou pour l'embrasser. Quelques instants plus tard, je pianotais frénétiquement sur mon téléphone :

< C'est la quille ! Je SORS ! Je commençais à devenir folle. J'ai même regardé *Les Feux de l'amour*, pour te dire… >

< Houlà… En effet, il est temps que tu rentres chez toi ! Tu veux que je vienne te chercher ? >

< Non, j'ai mon chauffeur personnel. >

< Du genre petit gros ou *muy caliente* à la main bandée ? >

À 17 heures, après que Luc a toqué trois petits coups, sa tête apparaît dans l'entrebâillement de la porte.

— Prête ?

— Depuis 9 heures ce matin. Emmène-moi loin d'ici, et vite, s'il te plaît !

— Je te raccompagne directement chez toi ? Ou tu as besoin que je t'emmène faire des courses ou autre chose ?

— Tu vas me prendre pour une folle, mais…

— Plus folle que le soir où tu m'as demandé de jouer ton fiancé devant tes parents ?

— Peut-être pas aussi folle… Depuis que je suis ici, je rêve de manger des lasagnes. C'est drôle d'ailleurs, parce que l'odeur de la sauce tomate me donnait la nausée il y a quelques jours encore. Mais aujourd'hui, je donnerais n'importe quoi pour une bouchée des lasagnes d'Angelo.

— Qui est Angelo ?

— Angelo, c'est Gilbert. Il tient le restaurant *Chez Angelo*. Une histoire de nom pas assez italien...

— Il est à peine 17 heures, ça ne sera pas ouvert.

— Angelo fait aussi de la vente à emporter. Si tu n'as rien de prévu ce soir, je te propose de partager avec moi les meilleures lasagnes du monde.

— Va pour les lasagnes ! Mais pour le moment, approche, que je te porte jusqu'à la voiture.

— Tu sais, j'ai le droit de marcher. Pas de faire de la course à pied certes, mais aller jusqu'à la voiture ne devrait pas poser de problème.

— Sûrement pas ! J'ai dit que je te porterais et je tiens toujours mes promesses. Hop, viens là !

Il attrape le sac contenant mes affaires qu'il place sur son épaule puis, d'un mouvement assuré, il passe un bras sous mes jambes et, en une seconde, je me retrouve dans ses bras.

Il me fait un clin d'œil. Je fonds. Et cette fois, rien à voir avec les radiateurs allumés en plein mois de juillet.

Luc me porte jusqu'à sa voiture. On se croirait dans une comédie romantique. Je suis Cameron Diaz, lui Jude Law.

Nous nous arrêtons chez Angelo et repartons avec deux gigantesques parts de lasagnes et de tiramisu « cadeau de la maison ».

Une fois garé sur le parking de notre immeuble, Luc m'ouvre la portière et me soulève de nouveau avec délicatesse.

— Je t'assure, Luc, tu n'es pas obligé de faire ça...

— Et me priver du plaisir de t'avoir dans mes bras ?

Je rougis jusqu'à la racine des cheveux et me retiens

de poser ma tête sur son épaule. Peut-être veut-il juste se montrer gentil. Ça ne signifie pas qu'il va me porter jusqu'à mon lit puis me faire l'amour toute la nuit. À cette pensée je rougis de plus belle.

Dans le hall nous croisons Mme Camino, petite femme sèche et aigrie qui dépose régulièrement des mots dans les boîtes aux lettres des habitants pour se plaindre de leur manque de civilité.

— Bonjour, madame Camino, lui lancé-je, tout sourires.

Elle me répond du bout des lèvres et marmonne :

— Aucune décence, les jeunes, de nos jours… On aura tout vu !

Luc me dépose devant ma porte puis me suit à l'intérieur. Tandis que je mets les lasagnes sur la table de la cuisine, ses bras m'enlacent.

— Des jours que je rêvais de faire ça, me murmure-t-il à l'oreille.

Je tente de calmer les battements désordonnés de mon cœur. Des jours qu'il rêve de faire ça ? Et moi qui craignais qu'il ne m'en veuille de lui avoir caché pour Marc… Il dépose un baiser dans mon cou et c'est comme une décharge électrique. Tout mon corps est en alerte, tendu vers le sien. Il remonte légèrement et de sa bouche saisit le lobe de mon oreille. Je frémis de plaisir.

Qu'est-ce que tu attends, Juliette ?! Luc est là. Il est plus beau que tous les hommes réunis que tu as connus. Manifestement, tu lui plais aussi. Il a déjà rencontré tes parents. Il sait que tu attends un bébé, que tu ne sais pas cuisiner les fondants au chocolat… Laisse tomber les lasagnes, tu les réchaufferas plus tard !

Je me retourne vers lui. Il est si… Enfin… Et moi, je ne suis que… Moi. Juliette l'insipide. Celle dont on ne retient pas le prénom.

Luc plonge alors ses yeux dans les miens, cherchant mon approbation. Encore hésitante, je passe ma main dans ses cheveux puis j'effleure ses lèvres du bout des doigts. Je ferme les yeux. Sa bouche trouve la mienne.

Le désir m'embrase.

Je m'abandonne.

– 22 –

— Alors, il est comment ? Et surtout, comment sont ses fesses ? Raconte !

— Je ne sais pas trop... J'ai gardé les yeux fermés...

Nina et moi sommes assises sur mon canapé côte à côte, face au ventilateur que je me suis décidée à sortir de son carton au vu des 35 degrés indiqués par le thermomètre. J'ai tellement chaud que chaque aller-retour entre mon lit et mon salon me fait souffrir. Nina, elle, est fraîche comme la rosée. Avec son top jaune citron et son short en jean qui lui fait des jambes divines, elle est superbe.

Elle tenait absolument à célébrer le début de mon cinquième mois de grossesse en apportant un énorme cheesecake. Enfin, c'est ce qu'elle a prétendu lorsqu'elle m'a appelée ce matin. En réalité, elle mourait d'envie de tout savoir sur Luc. Et sur notre nuit... Comme je suis coincée chez moi et que mes repas se résument à ouvrir l'un après l'autre les plats préparés qui se trouvent dans mon réfrigérateur, je n'ai pas dit non au cheesecake. Et moi aussi j'avais envie de lui raconter de toute façon.

— Donc tu couches avec Luc, que dis-je ? avec Sexy

Boy, le mec le plus canon de ton immeuble, et tu ne peux même pas me dire comment sont ses fesses ? Tu me déçois, Juliette, tu me déçois…

— Ce qui est sûr, c'est qu'elles sont fermes. Je n'ai peut-être pas regardé, en revanche mes mains, elles, ont pu cerner les contours. Et ils m'ont l'air parfaits !

— Et c'était bien ?

— Nina !

— Allez, tu me dois bien ça ! Pense à la pauvre mère d'un bébé que je suis… Fais-moi un peu rêver !

— C'était… comme déguster une plaquette de chocolat après des mois d'abstinence… Oui, c'était génial. Il est doux, attentionné et, tu le savais déjà, il embrasse comme un dieu.

— J'en étais sûre ! Je suis tellement contente pour toi, Juliette !

Oui mais voilà, cette conversation avec Nina remonte à la semaine dernière. Depuis, je n'ai pas revu Luc.

Après cette nuit magique, il m'a embrassée en partant et dit : « À très vite, ma belle. » Les mots résonnent encore dans ma tête. Nous étions vendredi.

Le lendemain il m'a fait livrer des fleurs, des jonquilles. Avec un petit mot : « J'aime quand tu rougis… »

Aujourd'hui nous sommes jeudi. Cinq jours donc que je n'ai pas eu de ses nouvelles. Je l'ai appelé lundi, mais il m'a répondu qu'il était très occupé. Qu'il avait beaucoup de rendez-vous. Et aussi que je lui manquais. Mais si je lui manquais tant que ça, il serait venu me voir, non ? Ce n'est pas comme si nous habitions chacun à un bout de la ville. Il n'a qu'un couloir à traverser.

Je ne comprends pas. Je me repasse les événements de cette nuit en boucle. Qu'est-ce que j'ai pu dire ou faire ? L'aurais-je vexé sans le vouloir ? Je ne vois pas d'explication. Si ce n'est qu'il m'a trouvée moche ou nulle au lit. Et comme c'est un gentleman, il n'a pas osé me faire de remarque…

Il y a un truc qui cloche, j'en suis certaine. Il était distant au téléphone. Comme s'il était mal à l'aise. Je n'ose pas le rappeler. Je ne veux pas passer pour la fille chiante et en demande après une seule nuit.

D'ailleurs est-ce qu'après une seule nuit je peux considérer que nous sommes ensemble ? Quand on a quinze ans et qu'on embrasse un garçon, on considère qu'on est ensemble. Mais quand on en a trente ? Comment ça se passe ? Il faut attendre combien de temps, combien de nuits ?

Je ne sais pas quoi faire. Est-ce que je dois lui téléphoner ou lui envoyer un hibou ? Est-ce que je dois attendre qu'il le fasse ? Est-ce que je dois carrément lui demander s'il m'évite ? S'il n'a plus envie de me revoir ?

Depuis qu'il est parti, je ne pense qu'à ça. Je ne pense qu'à lui. Je n'ai pas pu écrire une ligne de mon roman. Je n'ai même pas ouvert mon ordinateur, pour être honnête. Je rêvasse à longueur de journée, les cheveux volant au gré des passages du ventilateur. Je fais des plans sur la comète. Et j'attends. Je consulte mon téléphone au moins vingt fois par jour pour vérifier qu'il n'y a pas de message. J'ai l'impression d'être Bridget Jones. Ne nous voilons pas la face, je suis désespérée.

Mais il faut que j'en aie le cœur net. Je vais aller chez lui et, quand il ouvrira la porte, je serai tout de suite fixée.

Avec précaution, conformément aux recommandations médicales, je me lève pour aller prendre une douche. J'enfile un jean et un débardeur après avoir hésité avec une robe, mais je ne veux pas paraître trop apprêtée. Il faut que ça fasse naturel, genre je passais par là…

Nos appartements sont situés au même niveau, mais dans deux ailes différentes. Celui de Luc se trouve près du hall d'entrée de l'immeuble, le mien de l'autre côté. Je suis au bout du couloir quand je l'aperçois qui sort de chez lui. Il est tellement beau. C'est peut-être ça, le vrai problème. Il est beaucoup trop beau pour moi. Les battements de mon cœur s'accélèrent.

Il n'est pas seul.

Je recule de quelques pas.

Luc n'est pas seul. Il y a une femme avec lui. Brune, grande, jolie. Très jolie. Et… très enceinte ! Si j'en crois le ventre proéminent qui tend sa robe, je dirais d'environ sept mois.

Ne pas tirer de conclusion hâtive.

Il s'agit peut-être de sa sœur. Je crois me souvenir qu'il m'a dit avoir un frère et une sœur. Ou alors sa meilleure amie. Ou une collègue de travail. Ou une voisine venue lui emprunter de la farine…

Tandis qu'il cherche ses clés pour fermer la porte, elle attend derrière lui, puis elle lui prend la main et l'embrasse dans le cou.

Ce n'est pas une voisine, ou alors elle est vraiment très très contente pour la farine.

Mon cœur est en miettes.

– 23 –

Juliette… Il ne cesse de penser à elle. Sa timidité. Son manque de confiance en elle. Pourtant elle est si jolie, si drôle.

Elle lui rappelle un peu sa sœur qui, pour plaire à leur père, s'est embarquée dans un mariage sans amour avec l'un de ses collaborateurs. Cette envie de bien faire, de ne pas décevoir. Au risque de s'oublier, voire de se perdre.

Cette fille le touche. Il n'avait plus ressenti ça depuis… depuis bien trop longtemps.

Il a envie de passer chaque minute avec elle. De lui dire combien elle lui plaît. De l'encourager pour ce roman qu'elle a décidé d'écrire. Un roman… Si elle savait. C'est drôle…

En rangeant sa bibliothèque, il se demande quand il devra le lui annoncer. Il a peur que cela ne change les choses.

Bientôt, mais pas tout de suite.

La sonnerie du téléphone le tire de ses pensées. Une sonnerie qui lui est familière. Il aurait dû supprimer ce numéro de téléphone.

— Allô ?

— Luc, c'est moi. Alexandra.

— Oui, je sais. Qu'y a-t-il ? Enfin, pourquoi m'appelles-tu ? C'est fini avec l'autre ? Ça y est, tu en as assez ?

— Tu m'en veux encore…

— Non, tu crois ? Je te signale que tu as jeté aux oubliettes une histoire de plusieurs années en l'espace de quinze jours seulement ! Et pour quoi ? Ou plutôt, pour qui ? Pour un type qui t'a fait de l'œil un soir et qui a réussi à te faire douter de ton amour pour moi. Alors oui, excuse-moi de t'en vouloir un peu.

— Je suis désolée. Vraiment. J'ai pris peur.

— Peur de quoi ? De vivre avec l'homme que tu disais aimer ? De te marier avec lui ? C'est vrai que c'est effrayant. J'en frémis rien que d'y songer !

— Épargne-moi tes sarcasmes, s'il te plaît. Je sais que j'ai été en dessous de tout et que je t'ai fait souffrir. Je ne le nie pas. C'était moche de ma part de te quitter pour un type que je connaissais à peine, tu as raison. Mais je voulais que tu saches que c'est terminé avec lui. Il m'a permis de prendre conscience de l'erreur monumentale que j'avais commise…

— Tu voudrais que je te plaigne, peut-être ? Ce ne sera pas le cas. Tu as rompu avec ton mec, tant mieux. Ou tant pis. Peu importe au fond. Moi, tu vois, j'avance, j'ai tourné la page. Ç'a été difficile. Ç'a été douloureux. Mais ça y est, je suis passé à autre chose. Je vois même quelqu'un si tu veux tout savoir. Une fille super, qui me plaît beaucoup. D'ailleurs je pensais à elle lorsque tu as appelé.

— Il faut que je te parle de quelque chose, Luc…

— Je me fiche de ce que tu as à me dire, Alexandra. Je n'ai pas l'intention de perdre plus de temps à parler avec toi. Je te souhaite une bonne…

— Je suis enceinte. De sept mois…

– 24 –

La vision de Luc embrassant cette fille m'a clouée sur place. Je suis incapable de faire un pas pour retourner chez moi ou me jeter sur eux.

Alors qu'ils sont enfin sur le point de sortir de l'immeuble, Luc se retourne furtivement, juste le temps de m'apercevoir. Je crois alors lire de la peine dans son regard. Mais je dois me tromper. Je ne le connais pas vraiment, j'en ai eu la preuve quelques secondes plus tôt.

Il glisse quelque chose à l'oreille de la brune, lui tend les clés, puis il vient vers moi.

Non. Je ne veux pas l'écouter. D'un coup, je sors de ma paralysie et me dirige vers mon appartement aussi vite que possible compte tenu des recommandations médicales.

— Juliette, s'il te plaît…

— Je ne veux rien savoir. Il n'y a rien à dire. Il n'y a rien à expliquer…

Luc ne lâche pas le morceau. Alors que je suis en train d'actionner la serrure, il est toujours derrière moi. J'essaie d'entrer et de refermer la porte dans un même mouvement, mais il s'interpose. Je tente de le repousser, mais il est plus fort que moi. J'ai peur de perdre l'équilibre et de tomber, alors je cède. Je le laisse entrer.

— Je t'en prie, Juliette, laisse-moi au moins t'expliquer…

— M'expliquer quoi ? Que tu m'as prise pour une conne ? Que tu couches avec une autre ? Qu'elle est enceinte de toi ? Je crois que c'est inutile. Les faits parlent d'eux-mêmes.

— C'est plus compliqué que tu ne le crois…

— Comment ça « plus compliqué » ? Je crois au contraire que c'est très simple. Tu as eu pitié de la pauvre fille enceinte et sans boulot que je suis et tu t'es dit : « Tiens, si je prenais un peu de bon temps avec elle ? » Oui, pauvre petite Juliette, si seule. Pauvre Juliette avec son bébé. Pauvre Juliette ! Tu as pensé qu'il serait facile de me séduire et de m'amener dans ton lit ? Enfin dans le mien… Tu voulais peut-être te changer les idées ? Madame la jolie brunette ne te suffisait plus ?…

— Alexandra… Elle s'appelle Alexandra.

— Je me fiche complètement de savoir comment elle s'appelle ! Elle peut s'appeler Alexandra, Brenda ou Kelly, je m'en contrefous. Ce qui m'importe, c'est qu'alors que tu as couché avec moi il y a à peine une semaine, je viens de te voir sortir de chez toi avec elle enceinte jusqu'aux yeux… Et effectivement, ça m'intéresse un peu plus que son prénom.

— Je t'assure que j'ai été sincère avec toi…

— Sincère ? Quel culot ! Tu as juste oublié de me parler de ta copine ! C'est vrai que c'est un détail insignifiant, quand on y réfléchit. Ou peut-être que, durant toutes ces semaines, tu n'as simplement pas trouvé le temps de me parler d'elle ? Non, bien sûr. Et au moment où tu m'as enlevé ma robe jeudi dernier, tu ne t'es pas dit que je pourrais être un peu concernée par l'existence de mademoiselle Alexandra et de son futur bébé ?

— Il n'y avait pas d'Alexandra jeudi dernier. Il n'y avait que toi et moi. Crois-moi. Je n'ai pas joué avec tes sentiments. Ni même avec les miens.

Je sens de la sincérité dans sa voix, mais je refuse de me laisser attendrir.

— Comment crois-tu que je vais avaler ça ? Tu me prends vraiment pour une idiote !

— Alexandra et moi avons vécu trois ans ensemble. Elle m'a quitté pour un autre il y a six mois. J'ai emménagé ici juste après notre rupture. Je te jure que je ne l'avais pas revue depuis.

— Et tu t'es dit, au bout de tout ce temps, juste après avoir couché avec moi, que finalement elle était mieux ? Que tu te remettrais bien avec elle, c'est ça ? Franchement, je ne sais pas si c'est mieux que la copine cachée depuis le départ, excuse-moi !

— Elle m'a appelé dimanche dernier. Pour m'annoncer qu'elle était enceinte. De moi. Pour s'excuser. Pour me dire qu'elle avait fait la plus grosse connerie de sa vie en me quittant. Pour me demander de lui redonner une chance.

— …

— Je ne m'y attendais pas. Il faut que tu me croies, Juliette. On s'est donné rendez-vous lundi. On a pris un café ensemble. Et quand je l'ai vue, enceinte… C'est mon bébé, tu comprends. Je ne pouvais pas… On a vécu trois ans ensemble. Bien sûr que j'avais prévu de t'en parler. Je voulais juste trouver le bon moment. Les bons mots.

— Les bons mots pour me dire quoi ? « Écoute, Juliette, c'était sympa, mais mon ex est revenue, alors tchao, bonne continuation » ?

— Tu as toutes les raisons de m'en vouloir. Mais une histoire de trois ans, ça ne s'efface pas comme ça. J'étais malheureux quand Alexandra est partie. Je croyais qu'elle et moi c'était pour la vie. Nous avions des projets…

L'entendre prononcer ces mots me fait mal au-delà de tout. Elle était la femme de sa vie.

— Épargne-moi le beau discours du bonheur conjugal, s'il te plaît. Je ne suis pas en état de le supporter.

— Je suis désolé. Vraiment. Mais je ne suis pas comme Marc. Cet enfant qu'elle attend de moi, ça compte. C'est pour lui que j'ai décidé de redonner une chance à notre histoire. Ça ne marchera peut-être pas mais, pour lui, je me dois de tenter le coup. Je ne me le pardonnerais jamais, autrement. J'allais venir t'en parler. Ç'a été si rapide. Je ne sais quoi te dire à part que je suis désolé. Que tu es une fille super. Que mes sentiments pour toi étaient sincères. Sont sincères. Que j'aurais voulu que cela se passe autrement. Si tu savais à quel point… S'il te plaît, Juliette…

— Va-t'en ! Retourne avec ton Alexandra ! Je vous souhaite tout le bonheur du monde avec votre bébé !

J'ai presque hurlé cette dernière phrase. Avec la force du désespoir, je parviens à repousser Luc hors de chez moi. Cette fois, il ne résiste pas. Je claque la porte et me laisse glisser jusqu'au sol. Le bruit de ses pas qui s'éloignent me plonge dans le désarroi.

Je regarde mon ventre. Je pense au bébé que j'attends. Qui sera là dans quelques mois.

— Il n'y a plus que toi et moi maintenant... Tu crois qu'on va y arriver ? Dis, tu crois que moi je vais y arriver ? Je n'en suis pas certaine...

Les larmes que j'ai réussi à contenir devant Luc coulent à présent toutes seules. Je ne cherche pas à les arrêter. J'éclate en sanglots.

Deux heures et cinquante paquets de mouchoirs plus tard, je n'ai pas bougé de ma place. Mes yeux sont gonflés, j'ai un mal de tête infernal... Et je suis malheureuse. Tellement malheureuse. Mes sentiments pour Luc étaient bien plus forts que je ne pensais. Je ne peux pas tout mettre sur le compte des hormones. Ces larmes, je les verse pour lui, pour ces instants que nous avons vécus ensemble, pour cette nuit qui ne se reproduira pas et, je dois bien l'admettre, pour le père que je pensais qu'il pourrait devenir pour mon bébé. Même pas encore né et déjà abandonné deux fois. Mon cœur se serre.

Le pire, c'est que je suis incapable de lui en vouloir. Pourtant, ce serait plus simple si je pouvais le détester, le haïr même. Oh oui, tellement plus simple. Mais je n'y parviens pas. Parce que je comprends le choix qu'il a fait. Je sais qu'il était sincère avec moi, j'ai perçu dans son regard tout à l'heure que me faire du mal lui était difficile. Au fond, je comprends qu'il veuille redonner une chance à cette fille, à cet enfant qu'elle attend de naître dans une famille. Moi aussi c'est ce que j'aurais voulu pour mon enfant.

C'est tout moi, ça. Alors que je suis en morceaux, je souhaite du bonheur à ceux qui me font souffrir. Juliette, la gentille Juliette. Juliette, qui va donc donner naissance à un enfant toute seule, sans même une épaule sur laquelle s'appuyer.

Il va bien falloir faire sans, pourtant. Je ne peux pas rester là à m'apitoyer sur mon sort, assise devant ma porte. Dans un peu moins de cinq mois je vais devenir mère. Alors je dois m'accrocher. Ce bébé que j'ai choisi de garder mérite que je me relève.

J'essuie une dernière fois mes larmes, je prends une longue inspiration et me mets debout. Oui, il mérite le meilleur. Ce sera sans Marc, sans Luc, mais qu'importe. Lui et moi on va y arriver. Je prouverai à tout le monde que la petite Juliette a de la ressource, qu'elle vaut mieux que ce que l'on peut penser d'elle.

– 25 –

Cinq mois. Cinq tout petits mois. Entre mars et août, ma vie a changé du tout au tout. J'ai quitté mon travail. J'ai commencé à écrire un roman. J'ai découvert que j'étais enceinte. Je suis tombée amoureuse. Et j'ai perdu celui pour qui mon cœur battait, retourné auprès de son ex, enceinte elle aussi. Sans oublier un petit séjour à l'hôpital pour menace d'accouchement prématuré, et que le père du bébé est un ami dudit ex-amoureux. Vous suivez toujours ?

Niveau émotion, ça ressemble aux montagnes russes. Heureusement, côté mini-moi en formation, tout va pour le mieux. Pas de nouvel épisode de contractions. *A priori* plus de risque que le bébé pointe le bout de son nez avant l'heure. Je suis donc enfin autorisée à sortir de chez moi. « Dans la limite du raisonnable », m'a quand même répété le médecin. Comme si j'allais faire le tour du monde à vélo ! Avec qui d'ailleurs ? La liste des candidats est plutôt mince. Et je n'ai même pas de vélo, alors...

Ah ! le bonheur. Je vais enfin pouvoir faire... Ou aller... Inutile de le nier : je suis seule, en plein mois d'août, le cœur en mille morceaux. J'ai le moral dans les Stan Smith. Et la probabilité de croiser Luc avec Alexandra le fait encore chuter d'un cran, sous le niveau de la mer donc. C'est certain, je vais finir vieille fille, entourée de yorkshires avec des petits nœuds sur la tête.

J'attrape rageusement mon bloc-notes sur la table basse, un stylo, et ajoute un point 50 à ma *to-do list* du moment : acheter des yorkshires. Et, après une brève hésitation, je décide de barrer le point 49 : se renseigner auprès de l'état civil (au cas où Alexandra serait en fait la sœur cachée de Luc).

J'ai toujours fait des listes. Pour tout, pour rien, pour n'importe quoi. « Liste des choses à faire avant trente ans » – le trente ayant récemment été remplacé par trente-cinq –, « Liste des choses à emmener en vacances », « Liste d'idées cadeaux ».

Celle-ci est toute nouvelle et s'allonge un peu plus chaque jour. Je l'ai intitulée : « Derniers recours pour fille désespérée ».

Poupoupidou.

Je jette un œil sur mon téléphone. Nina vient de m'envoyer une photo de ses pieds sur un transat avec l'océan à l'arrière-plan.

< Tu es sûre que tu ne veux pas nous rejoindre ? 3 heures de TGV… >

< C'est gentil mais je préfère me lamenter sur mon sort et ne pas gâcher vos vacances. >

< Tu devrais voir du monde, ça te changerait les idées. J'ai bien une suggestion, mais bon… >
< Tu ne vas pas remettre ça ! Obouduroulo.com n'est pas la solution. >
< C'est un site de rencontres réservé aux parents solo. C'est exactement ce qu'il te faut ! >
< Tu me vois discuter avec des inconnus sur un site de rencontres ? >
< Pas moins que t'envoyer en l'air avec un inconnu… Lol >

Je tire la langue à mon téléphone. Ce qu'elle peut m'agacer parfois ! Je troque mon bloc-notes contre mon ordinateur. Obouduroulo.com… Quelle idée, déjà, de choisir un nom pareil !

La page d'accueil semble inoffensive à première vue, avec ses témoignages de personnes ayant trouvé l'amour grâce au site. Il y a aussi une petite icône « Créez votre profil ». Est-ce pour prouver à Nina qu'elle a tort, ou par dépit, je ne sais pas, mais je clique.

Pseudo : Juliette2027

Il y a tant de Juliette que ça ?!

J'efface et remplace par Mystery24 (je ne suis pas la seule à avoir eu cette idée apparemment). Pour la suite, je décide d'être honnête.

Description physique : culbuto en gestation.

Traits de caractère : néant.

Emploi : sans.

Perspectives : aucune.

Les hommes vont se bousculer, à n'en pas douter ! Même les *obouduroulo* ne voudront pas de moi…

< 3 heures de TGV, tu dis ? >

C'est l'un des avantages de ne pas avoir de travail, on peut sauter – façon de parler – dans un TGV du jour au lendemain, sans avoir de comptes à rendre. Je n'ai finalement pas résisté à l'appel des longues étendues de sable et au murmure des vagues.

Mon billet de train en poche, je remplis vite fait un sac de voyage, prends mon ordinateur portable et saute[1] dans un taxi.

Six petites heures seulement après l'invitation, Martin, le mari de Nina, m'attend en chemise à fleurs, bermuda et tongs sur le quai de la gare. Et après dix minutes de trajet, un transat m'accueille. Saint-Jean-de-Luz, son soleil, ses plages… ses surfeurs. Nina et Martin ont loué un bungalow dans une résidence de vacances tout confort, entendez avec piscine et cocktails à volonté.

Pourquoi ai-je hésité à venir, déjà ?

— Montre-moi le profil que tu as créé sur Obouduroulo.

Nina attrape l'ordinateur en équilibre sur mes genoux et le pose sur les siens.

— Tu rigoles, j'espère ?

— Je ne vois pas de quoi tu parles…

— « Description physique : culbuto en gestation » ?…

— Oui et alors ? C'est drôle, non ?

— Tu cherches quoi ? À décrocher un contrat pour un one-woman show ou à rencontrer quelqu'un ?

1. Tssssst, je ne veux rien entendre !

— Je ne suis pas sûre que ce soit pour moi, ce site, dis-je pour me justifier.

— Quatre-vingts pour cent des couples se rencontrent sur leur lieu de travail. Je l'ai lu dans *Femme Mag'*. Pour toi, c'est mort. J'ai demandé à Martin s'il n'avait pas des collègues célibataires, mais l'unique spécimen est un vrai abruti. Désolée, je ne vois que les sites de rencontres…

Je me tourne vers Nina, sans un sourire et le visage fermé.

— Qu'est-ce qu'il y a ? Ça ne va pas ? Tu ne te sens pas bien ? C'est le bébé ?? Mais dis-moi !

— Non, rien. Je cache ma joie. C'est tout.

Puis j'éclate de rire. Aussitôt suivie par Nina, visiblement soulagée de ne pas devoir m'emmener d'urgence à l'hôpital.

Nous modifions entièrement mon profil et, pour la photo, Nina m'en propose une prise lors de son mariage deux ans auparavant. Il faut reconnaître que, coiffée et maquillée, je suis plutôt jolie.

— Prête, Juliette ?

— Puisqu'il le faut…

Deux clics plus tard, Obouduroulo.com me souhaite la bienvenue. Je, ou plutôt JulietteM fait désormais partie des quatre mille célibataires – et désespérés – du site.

– 26 –

Toutes les bonnes choses ont une fin. Je ne sais pas qui est l'imbécile qui a imaginé cette expression mais, franchement, il mériterait qu'on lui envoie une lettre de réclamation !

Après quatre jours de pur bonheur au bord de l'eau, les doigts de pied en éventail, il m'a bien fallu reprendre le train. Nina et Martin ont été adorables, mais je n'ai pas voulu m'imposer trop longtemps. Il s'agissait tout de même de leurs premières vacances avec Lily.

Et puis, après cette pause, j'étais contente de retrouver mon chez-moi. Ça n'est pas très grand, mais ces quarante-cinq mètres carrés m'appartiennent et j'ai tout redécoré à mon goût. Il y a trois ans, lorsque j'ai acheté cet appartement, il était habité par une vieille dame amatrice de papier peint à fleurs et de moquettes sombres. Aujourd'hui, les murs sont blancs et il y a du parquet au sol dans toutes les pièces. Je m'y sens bien.

Malheureusement, désormais, l'idée de pouvoir croiser Luc me tord le ventre. Difficile cependant de vivre en ermite… Même réduit au strict nécessaire, mon quotidien implique que je mette le nez dehors de temps en temps. Impossible de renoncer à la baguette tradition croustillante de la boulangerie du coin.

Et ça n'a pas loupé, le lendemain de mon retour, en sortant, j'ai croisé Luc dans le hall de l'immeuble. Il était seul, heureusement. Je n'aurais pas supporté de le voir avec elle. Quand il m'a vue, il m'a fait un signe de tête, puis il a baissé les yeux et pressé le pas. Moi, j'avais envie de ses bras autour de moi, de sentir son odeur. J'avais envie qu'il m'embrasse…

Et si elle décidait d'emménager avec lui ? Être témoin de leur bonheur familial, ce serait au-dessus de mes forces. Luc, une main sur la poussette, l'autre dans celle d'Alexandra. Alors qu'il y a à peine trois semaines, elles étaient sur moi, ses mains.

Il faut que je trouve un moyen de l'évacuer de mes pensées. N'importe quoi.

Allongée sur le canapé, les jambes surélevées, les mains bien à plat sur mon ventre, j'essaie de capter les mouvements du bébé. Chaque jour qui passe, je les perçois de mieux en mieux. C'est à la fois étrange et émouvant.

— J'ai envie de l'appeler Chloé ou Lucie.

— Pourquoi pas Gaspard ? me demande Nina.

— Parce que Gaspard, pour une fille, c'est pas terrible…

— Une fille ? Mais c'est sûr ?

— Si j'en crois l'échographie d'hier, oui. C'est bien une fille que j'attends.

L'émotion me submerge à nouveau. Une fille. *Ma* fille…

— Hiiiiiiiiiiiiiii ! Je suis tellement contente ! J'aurais été très heureuse aussi si tu attendais un garçon bien sûr, mais une fille, c'est génial, tu vas voir !

— Je ne sais pas pourquoi, mais ça me fait moins peur. Je sais un peu plus à quoi m'attendre. Et tu pourras m'aider...

— Tu peux compter sur moi !

Nina s'approche de moi et me serre dans ses bras. Elle est toute bronzée et ses traits sont reposés.

— Alors, raconte, la fin de ces vacances, c'était comment ?

— Le rêve ! Lily a été adorable. Et toi, qu'as-tu fait depuis ton retour ? Un peu de shopping peut-être ?

Je porte la robe de maternité verte et blanche commandée sur Internet. Verte... qui l'eût cru ?!

— Elle te va super bien, cette robe, ajoute Nina. Avec ta nouvelle couleur de cheveux, c'est parfait. Je dis ça, je dis rien...

Je souris.

— Bon, d'accord... Tu avais raison pour les cheveux. Dis-moi, je me suis toujours demandé : ça ne t'énerve pas d'avoir tout le temps raison ?

— C'est fatigant, je l'admets. Mais, que veux-tu, c'est ma croix !

Elle éclate de rire. Nous sirotons nos Coca light en silence pendant quelques instants.

— Et sinon, reprend Nina, est-ce que tu as croisé... ? Enfin...

— Luc ? Tu peux prononcer son prénom. Je ne fonds plus en larmes en l'entendant. Maintenant j'ai la sensation qu'on m'enfonce un pieu dans la poitrine et qu'on le tourne pour maintenir la plaie ouverte.

Ça va mieux donc ! Je l'ai croisé le lendemain de mon retour. Pas depuis, tant mieux. C'était douloureux de le voir, alors si je peux éviter… J'imagine qu'il doit vivre chez elle… Avec leur bébé…

— Tu crois qu'elle a accouché ?

— Je ne sais pas. Et je ne recevrai probablement pas de faire-part de naissance, alors j'essaie de ne pas y penser. Au fait, j'ai annoncé à mes parents que nous n'étions plus ensemble. J'ai vu le soulagement dans les yeux de ma mère. Toujours cette histoire d'acteur de films érotiques… Comme si c'était plus important que de voir sa fille se retrouver seule.

— Ta mère a toujours été à cheval sur les convenances, ça ne devrait pas te surprendre.

— Oh, ça ne me surprend pas ! En revanche ça me fait de la peine. Mon père semblait déçu, lui. Pour je ne sais quelles raisons, il aimait bien Luc.

— Pour les mêmes raisons que toi, j'imagine. Tu penses que c'est définitif ? Qu'il n'y a pas la moindre chance pour que ça s'arrange entre vous ?

— Je ne vois pas comment ça pourrait s'arranger. Il a été très clair. Entre lui et moi, il y a Alexandra. Et un bébé. Je ne peux pas lutter. Et je n'en ai pas l'intention.

Nina se tait quelques secondes, puis :

— Et si on se faisait un petit week-end entre filles ? Histoire de te changer les idées. Un truc calme et relaxant. Une thalasso par exemple.

— Je ne suis pas sûre que…

Mais elle ne me laisse pas le temps de finir.

— De toute façon, tu n'as pas le choix ! Toi et moi, on va aller se faire masser et dorloter. Ça te fera du bien. Laisse-moi m'occuper de tout.

— Je ne suis pas sûre d'être de bonne compagnie. Il y a des chances que je passe mon temps à m'apitoyer sur mon sort.

— Eh bien, tu le feras avec un bon massage aux pierres chaudes ! C'est tout de même plus réjouissant qu'assise toute seule par terre dans ton appartement, non ?

— Présenté comme ça...

— Alors, c'est décidé. Prépare ta valise, je passe te prendre le week-end prochain. On s'en fout de Luc. Il y a des tas d'autres hommes sexy, drôles et qui aiment les enfants sur cette planète !

Je ris. J'ai vraiment de la chance d'avoir une amie comme elle.

Il faut que j'aille de l'avant. Que je me concentre sur mon roman. Le délai de trois mois que je me suis fixé est déjà bien entamé et je suis encore loin de mon objectif. Désormais, je vais m'y consacrer nuit et jour.

Allongée dans un bain moussant, je tente aussi de trouver de solides arguments pour me convaincre d'oublier Luc. Je le connais depuis combien de temps, au fond ? À peine quelques semaines. Et nous n'avons fait l'amour qu'une seule fois. Ce n'est pas comme si je venais de rompre avec l'homme de ma vie. Reste à m'en persuader...

Nina a raison. Il y a forcément d'autres hommes sur cette planète. Je peux en rencontrer un dès demain si je veux, j'en suis sûre ! Oui, bon, personne n'y croit. Pas même moi.

Mon inscription sur Obouduroulo.com me revient en

mémoire. Peut-être que des milliers d'hommes m'ont envoyé des messages et attendent transis d'amour devant leur écran que je daigne leur faire un signe. Pour des raisons évidentes de santé publique, je me dois d'aller vérifier !

Une fois sortie du bain, emmitouflée dans un peignoir, je m'installe sur mon lit, l'ordinateur sur les genoux.

Ma messagerie ne contient pas dix mille, ni vingt mille… mais un seul message. Ô joie !

Bonjour JulietteM, moi c'est Cyril. J'ai 33 ans, une fille de 2 ans. Divorcé. Et si on se rencontrait ?

– 27 –

Je pensais que j'irais à reculons à ce week-end thalasso, mais Nina m'a tellement vanté les mérites des bains à remous, des massages au chocolat, à l'huile de pépins de raisin, aux pierres chaudes... que maintenant je meurs d'envie d'y être.

Je n'ai pas répondu à Cyril-le-Virtuel. Un mélange de timidité et d'incrédulité sans doute. Mais le seul fait de savoir que son message est là me réconforte. Comme l'éventualité de quelque chose si jamais je le décidais. Je n'en ai pas non plus parlé à Nina. Je la connais, ça aurait donné lieu à une litanie de « Tu lui as répondu ? », « Quand est-ce que tu comptes lui répondre ? », « Juliette, il faut que tu lui répondes ! »

— Tu verras, je t'ai concocté un parcours spécial femme enceinte. Des soins rien que pour te chouchouter et te détendre !

Nous sommes dans la voiture en direction de ce complexe thalasso-spa récemment ouvert. Nina m'a envoyé des photos par mail, ça a l'air magnifique. Les chambres sont immenses, et la carte du restaurant donnerait envie de manger à un mannequin d'ASOS.

— Regarde sur le plan, je crois qu'il faut prendre cette route.

— Nina, tu ne veux pas investir dans cet accessoire moderne qu'on appelle GPS ?

— Le GPS, c'est pour les faibles. Dès que tu en as un, tu ne fais plus qu'écouter ce qu'il te dit et tu n'es plus capable de t'orienter seul. Moi, je refuse d'être dépendante d'une machine.

— Oui mais là, on n'en a pas et on est perdues. Indépendantes certes, mais complètement paumées !

— Mais non. Je suis certaine que c'est par là. Tiens, tu vois, ça y est, il y a un panneau. Je suis plus forte que le GPS !

Nous entrons dans un parc au bout duquel on aperçoit une immense verrière.

— Dis, Nina, c'est vraiment luxueux ! m'exclamé-je.

— Il te fallait quelque chose de haut de gamme pour te remettre de tes émotions.

— Je ne vois pas du tout de quoi tu parles. J'ai toujours voulu être sans emploi, sans aucune perspective, enceinte, sans père pour mon futur enfant et plaquée par un petit ami retourné avec son ex. C'étaient mes plans dès le départ !

Malgré moi, j'éclate de rire devant ce tableau plutôt cynique, mais néanmoins réaliste.

Nina gare la voiture et sort nos valises du coffre. Elle refuse que je porte la mienne qui n'est pourtant pas lourde. La sienne, en revanche, est énorme.

— Tu sais que nous ne restons que deux jours ? Parce que, manifestement, tu as emporté toute ton armoire.

— Je n'ai pas réussi à choisir… Sait-on jamais, si on croise Bradley Cooper !

— Bradley Cooper ?! Tu rigoles, là ?

— Pas du tout ! Il paraît même que Brad Pitt est venu une fois.

Nous pénétrons dans le hall, aussi superbe que l'extérieur le laissait présager.

Et, comme sur les photos, la chambre est immense. Le lit *king size* pourrait en accueillir trois comme nous. Parquet, meubles design, le tout dans un camaïeu de taupe. Je suis sous le charme.

Je me retrouve des années en arrière, lorsque nous passions nos soirées dans le petit appartement de Nina, à réviser nos cours – un peu –, à rire – beaucoup.

— Vise un peu la salle de bains ! me dit Nina, en pleine exploration.

Je la rejoins. Douche à l'italienne, baignoire hors sol, étagère qui croule sous des serviettes qui ont l'air aussi moelleuses que de la brioche[1]… Le rêve.

— Et regarde, l'incontournable set de spa : peignoir et chaussons douillets assortis ! continue-t-elle en m'en tendant une paire.

Je m'empresse de défaire mes bottines et les enfile.

— Ouah ! plus jamais je n'enlèverai de mes pieds ces petites merveilles. Raconte-moi ce que tu m'as prévu pour ce week-end. Nous sommes arrivées, j'ai le droit de savoir maintenant !

— Alors, au programme : un soin hydromassant,

1. La grossesse transforme notre vision des choses. À cinq mois, les métaphores deviennent culinaires.

un enveloppement aux algues, un modelage du visage, un soin des mains. Le reste du temps, accès illimité à la piscine et à la balnéo.

Je me déshabille, enfile mon nouveau maillot de bain spécial femme enceinte et le peignoir. Il est d'une douceur infinie. Je me demande si on a le droit de repartir avec. En tout cas, j'ai de la place dans ma valise…

— Je suis prête. Tu me rejoins ?

— Oui, oui. D'ici une demi-heure je suis dans les bulles avec toi.

Je longe le couloir qui mène à l'espace vitré que l'on a aperçu de l'extérieur, où se trouvent les bassins. Quelle sensation étrange de se promener en peignoir et chaussons-éponge dans un hôtel. Mais tous les gens que je croise arborent le même costume. Cela me rassure.

Après avoir choisi un transat pour mon peignoir, je jette mon dévolu sur un espace balnéo. Je trempe un orteil. L'eau est chaude juste comme il faut. Au fond du bassin, des lumières de différentes couleurs s'allument alternativement. L'eau est tour à tour bleue, violette puis verte. C'est apaisant. De légers remous la font bruisser à la surface. J'entre complètement dans l'eau et m'assois sur l'un des sièges. Tout simplement divin. Surtout que je commence à avoir mal au dos à cause de la grossesse. Je ferme les yeux et me détends enfin.

— Juliette ? C'est bien toi ?

Cette voix m'est familière. J'ouvre les paupières et tourne légèrement la tête.

— Kathy ! Qu'est-ce que tu fais là ? Je veux dire… c'est drôle de te croiser ici.

« Drôle » n'est pas vraiment le mot juste. « Désagréable » serait plus adapté. Je regarde celle qui était il y a quelques mois encore ma « chef ». Elle est superbe dans son Bikini rouge. Moi, je me sens soudainement beaucoup moins à l'aise dans mon maillot femme enceinte bleu marine et blanc.

— J'ai une réunion importante d'ici une heure avec un client, alors je voulais me détendre un peu avant. Mais, Juliette… que vois-je ? Tu es enceinte, ma parole ! Où est le papa ?

Elle fait mine de chercher autour de nous.

— Il n'y a que moi, en fait.

— Tu veux dire qu'il n'a pas pu t'accompagner ? Ou qu'il n'y a pas de papa du tout ?

— Je ne crois pas que cela te regarde.

— Tu es seule, c'est ça ? Ma pauvre, ça doit être horrible ! Je ne sais pas comment tu arrives à le supporter. À ta place je ne sortirais plus de mon lit.

— Eh bien, justement, tu n'es pas à ma place.

— Mais tu as un nouveau boulot ? Je veux dire, quelqu'un a accepté de t'embaucher dans ton « état » ?

— Figure-toi que j'ai décidé d'écrire un livre, alors c'est tout à fait compatible avec mon « état ».

Elle éclate de rire. Ce rire haut perché si désagréable.

— Tu me fais marcher… Écrivain, toi ? Mais tu sais écrire ? Enfin, tu crois que tu as du talent ? Parce que tu sais, beaucoup de gens pensent avoir une plume, alors qu'ils ne sont bons qu'à écrire des cartes de vœux pour la nouvelle année. En tout cas, il va te falloir du courage. Cette fois-ci, essaie de ne pas « démissionner » à la première occasion !

J'encaisse le coup.

— Je te rappelle, Kathy, que si je suis partie c'est parce que tu avais prévu de me blâmer, voire de me virer pour rien, un simple coup de fil qui n'est pas passé par toi.

— Tu aurais pu te battre, me montrer que tu avais envie de rester dans l'équipe. Tu as préféré fuir. Mais tu sais, je comprends. Tout le monde n'est pas fait pour supporter la pression que je subis tous les jours. Il faut du cran. Tu es sans doute mieux aujourd'hui à regarder tranquillement le temps qui passe. Finalement tu devrais presque me dire merci.

Avant que j'aie le temps d'ajouter quoi que ce soit, elle regarde l'horloge fixée au mur et poursuit :

— En parlant de temps qui passe, il faut que j'y aille. M. Gasler va m'attendre. Tu te souviens de M. Gasler ?

Si je m'en souviens ? C'est moi qui ai trouvé ce client et monté le dossier, juste avant de devoir le repasser à Kathy après qu'elle a eu sa promotion.

— Ce type est toujours aussi insupportable, et tatillon avec ça. Je l'enverrais bien au diable si je pouvais. Remarque, je ne devrais pas attendre longtemps, il est prévu que Publicize rachète sa société. Mais n'en souffle mot à personne. En même temps, à qui pourrais-tu en parler ?! Allez, j'arrête de t'ennuyer avec mes histoires de travail, c'est un peu notre lot quotidien à nous autres qui avons des responsabilités. Enfin bref, je te laisse, je te souhaite bon courage pour ton truc d'écrivain !

Elle sort de l'eau et je la regarde s'éloigner. Et si elle avait raison ? Et si je m'étais tout bonnement enfuie ? Jusqu'à présent je pensais avoir fait preuve de courage en démissionnant. La première fissure dans ma coquille de fille transparente. Alors qu'il ne s'agissait peut-être que d'un énième épisode de lâcheté. Ne pas faire de vagues. Partir quand ça se complique.

— Ça n'est pas Kathy que je viens de croiser ?

Nina est elle aussi rayonnante dans son une-pièce fuchsia à fleurs.

— Si, c'est bien elle. Incroyable, non ?

— Mais qu'est-ce qu'elle fait ici ?

— Un rendez-vous d'affaires.

— Ça ne va pas, Juliette ? Tu étais de si bonne humeur et d'un coup on dirait qu'une armoire t'est tombée dessus.

— C'est ce qu'elle m'a dit... Mon manque de courage.

— Ah non ! Tu ne vas pas croire ce que raconte cette pimbêche ! Cette fille n'est que méchanceté. En plus, elle est nulle dans son job, tu le disais toi-même. Sérieusement, Juliette, tu vaux mieux qu'elle.

Je n'en suis plus si sûre à présent.

Ce dont je suis sûre, en revanche, c'est que j'aurais préféré croiser Brad Pitt.

– 28 –

Ce qu'on dit sur les bienfaits des bulles, jets, balnéo, spas et autres délices aquatiques est vrai : ça détend. Après plusieurs heures de bains bouillonnants divers et variés, je parviens enfin à me sortir cette conversation de la tête. Il est vrai également que Nina rivalise d'imagination pour me remonter le moral.

Une fois nos doigts bien fripés, elle décide qu'il est temps de goûter aux spécialités locales. Nous nous rendons au bar qui se trouve près de la piscine, et commandons des *green smoothies*. J'en choisis un à base de kiwi, banane et avocat. Nina, elle, opte pour une version plus risquée à base de brocoli, pomme, banane et lait d'amande.

Lorsqu'on nous apporte nos verres, je ne suis pas franchement emballée.

— C'est plutôt vert, non ?

— En même temps, c'est le principe du *green smoothie*. Allez, santé, Juliette !

Nous trinquons, j'avale une gorgée… que je manque de recracher dans la seconde.

— Tu as prévu de m'empoisonner, c'est ça ? C'est quoi cette horreur ?!

— C'est plein de vitamines ! Et c'est excellent pour la santé.

— Oui, eh bien, le chocolat viennois aussi, c'est excellent pour la santé. Et en plus, ça remonte le moral. Alors que ton truc…

Nina rit. Je reprends une gorgée. Ce n'est pas meilleur, mais la surprise en moins, ça devient buvable. De toute façon j'ai toujours eu horreur de gâcher. Vestige des repas de mon enfance où il fallait tout terminer. « Pense aux enfants qui n'ont rien à manger », me répétait ma mère lorsque je pinaillais devant mes choux de Bruxelles.

— Je te préviens, ce soir, c'est moi qui décide du menu. Je me méfie de tes goûts maintenant !

— Comme tu veux ! D'ailleurs on devrait aller se préparer.

C'est bon d'être avec Nina. Elle est toujours de bonne humeur. Elle est de ceux qui voient toujours le verre à moitié plein.

Je décide de tester l'immense douche à l'italienne. Ma peau n'est presque plus fripée, il est temps d'y remédier ! Question gels douche, j'ai l'embarras du choix. Je choisis celui à la senteur caramel. Je règle la température et m'accorde quelques minutes d'eau bouillante. Mmmm… Rien de tel pour effacer l'angoisse.

Quand je ressors, un nuage de vapeur me précède.

Pendant que Nina prend sa douche à son tour, je somnole sur le lit. Mon esprit divague. Je pense à Luc. Je me demande ce qu'il est en train de faire. S'il est avec elle. S'il est heureux. S'il pense à moi… Puis je revois Kathy. Ses mots blessants résonnent dans ma tête. « Tu aurais pu te battre », « Tu as préféré fuir »... Je finis par m'endormir

Une heure plus tard, Nina est enfin prête. Elle porte une robe rose pâle à fines bretelles, qu'elle a assortie à des ballerines blanches. Ses cheveux sont relevés en une queue-de-cheval lâche. Un maquillage léger parfait l'ensemble. En la voyant, je comprends pourquoi elle se plaignait, à la fac, de n'avoir jamais vraiment eu d'amies. Elle est superbe, n'importe quelle fille aurait eu peur d'être reléguée au second plan. Moi, le second plan, ça m'allait bien. On était faites pour s'entendre.

— Tu es magnifique, Nina !

— Tu trouves ? répond-elle en faisant un petit tour sur elle-même.

Aussi étrange que cela puisse paraître, elle semble toujours en douter.

— Toi aussi, tu es superbe, ajoute-t-elle.

— Tu parles !

Je baisse les yeux sur ma robe cache-cœur noire et mes sandales... noires. En revanche, je ne regrette pas la touche de rouge à lèvres, acheté sur un coup de tête la semaine précédente. Ni la barrette fleur dans mes cheveux, rouge également, que Nina m'a convaincue de porter.

— N'importe quoi ! Tu es enceinte, certes, mais absolument magnifique.

Nous nous rendons bras dessus bras dessous au restaurant de l'hôtel. J'ai une faim de loup. Devant l'entrée de la salle, je reconnais M. Gasler. Je prends mon courage à deux mains et décide d'aller le saluer.

— Je te rejoins, dis-je à Nina en me dirigeant vers lui.

Malgré les cinq mois qui se sont écoulés depuis ma démission, je connais encore presque par cœur le bilan financier de ce client.

— Bonsoir, monsieur Gasler.

Il me dévisage, surpris.

— On se connaît ?

— Nous nous sommes parlé plusieurs fois au téléphone. Je travaillais chez Publicize jusqu'à il y a quelques mois.

— Ah oui ? Comment vous appelez-vous ?

— Juliette. Juliette Mallaury.

— Ça ne me rappelle rien…

— Rien d'étonnant, Juliette n'était qu'une simple stagiaire, monsieur Gasler, c'est pour ça que vous ne vous souvenez pas d'elle. Juliette, tu ne vois pas que tu mets M. Gasler mal à l'aise ? Je vous propose que nous allions dîner.

Kathy. Je ne l'ai pas vue arriver. Elle me contourne et attrape le bras de M. Gasler pour l'entraîner vers la salle.

Je m'apprête à leur emboîter le pas, en silence et morte de honte, lorsque quelque chose se brise en moi. Comme une vague qui me submerge. Une vague de colère. Un véritable tsunami.

— Pardonnez-moi, monsieur Gasler, mais je n'étais pas que stagiaire. C'est même moi qui suis à l'origine du partenariat entre votre société et Publicize. Je tiens donc à rectifier quelques détails ; trois fois rien, je vous rassure. Vous pourrez ensuite aller dîner.

Kathy et lui se retournent. Elle est visiblement agacée, lui plutôt perplexe.

— Manifestement, Kathy a la mémoire courte, et sélective qui plus est. Pourtant, il y a des tas de choses qu'elle n'oublie pas. N'est-ce pas, Kathy ? Comme le fait qu'elle vous trouve tatillon, voire... Quel est le mot que tu as utilisé, déjà ? Ah oui, « insupportable », c'est ça. Surtout qu'elle va bientôt pouvoir vous envoyer balader étant donné que Publicize s'apprête à racheter votre société et à vous débarquer.

Kathy est livide maintenant.

— Oups, désolée, Kathy ! Je viens de me rappeler que tu m'avais demandé de n'en parler à personne. Tu vois, moi aussi, ma mémoire me joue des tours. Heureusement, tu vas trouver une solution, comme toujours, n'est-ce pas ? C'est vrai que c'est difficile d'avoir des responsabilités. Tu as raison, j'en ai, de la chance, de ne pas être à ta place ! Surtout en ce moment. Sur ce, je vous laisse. Au revoir, monsieur Gasler, ça m'a fait plaisir de vous rencontrer.

Ils s'écartent pour me laisser passer.

D'un pas assuré, j'entre dans le restaurant.

Cette fois, c'est sûr, la coquille est définitivement brisée. La vraie Juliette est née. Celle qui ne se laisse plus rabaisser ni dicter sa conduite. Celle qui n'a pas peur.

Au bout de trente ans, il était temps.

Juliette n'est plus, vive Juliette !

– 29 –

Je fais le décompte sur mon calendrier. Nous sommes le 5 septembre, il me reste trois semaines pour terminer mon roman. Je n'ai pas oublié le délai que je me suis fixé. Trois semaines…

En même temps :

– Je suis coincée chez moi pour cause de grossesse sous surveillance.

– Je n'ai pas d'amoureux pour me déconcentrer (ni pour m'encourager, ce qui est ennuyeux).

– Je n'ai pas de boulot pour me déconcentrer non plus.

Bref, je n'ai rien d'autre à faire qu'écrire. Écrire, jusqu'au mot « fin » tant espéré. Je crois d'ailleurs que, si j'y parviens, je vais l'écrire en énorme !

J'oubliais un quatrième point, essentiel et récemment ajouté à ma liste :

– Envoyer un exemplaire dédicacé à Kathy.

Depuis le week-end thalasso, c'est comme si je m'étais libérée du poids du qu'en-dira-t-on. Je me fiche désormais de ce que pensent les autres. Plus jamais je ne mènerai ma vie en fonction de ce que l'on attend de moi. Tant pis si je déçois certaines personnes. Je me sens nettement mieux. Être soi-même, ça n'a pas de prix.

Je me suis concocté un programme en béton. Il ne sera pas dit que mes années d'assistante de gestion ne m'auront servi à rien. J'ai créé un tableau Excel avec le nombre de pages à écrire par jour et le temps à y consacrer quotidiennement afin d'y parvenir. J'y ai intégré différentes variables, telles que « temps passé à chercher le bon mot », « temps passé à manger du chocolat », « temps passé à faire la sieste », « temps passé à me lamenter auprès de Nina que je n'y arriverai jamais »... Il faut tout de même rester réaliste.

Chaque matin je me lève et, chose extraordinaire, l'inspiration est au rendez-vous. Tellement que parfois elle me submerge. Je me fonds dans la peau de mes personnages. J'ai même de temps en temps du mal à reprendre pied dans la réalité.

Mes héroïnes ne me quittent pas. Trois femmes.

Valérie, qui a abandonné mari et filles parce qu'elle est parvenue au bout de ce qu'elle peut leur donner. Parce qu'elle ne sait pas comment leur dire qu'elle les aime. Parce qu'on ne le lui a pas appris.

Anna, vingt ans, qui vient de perdre un bébé et se demande comment continuer à vivre. Chaque fois que j'écris un chapitre du point de vue d'Anna, je me sens comme au bord d'un gouffre. Machinalement je pose la main sur mon ventre, guettant un mouvement, un coup de pied, un signe de vie de mon enfant à moi.

Enfin, Nanette, une vieille dame qui va leur venir en aide, en leur réapprenant à sourire, à être heureuses.

Prise dans l'euphorie du moment, et aussi parce que le point 2 de ma liste (l'absence d'amoureux) n'est pas très réjouissant, j'ai aussi répondu au message de Cyril-le-Virtuel. J'ai fini par en parler à Nina et, comme je m'y attendais, elle n'a cessé de me harceler depuis. Nina et son enthousiasme débordant. Nina qui serait capable de convaincre Chandler que Monica n'est pas la femme de sa vie. Mais *Janice*, oui. *Oh. My. God.*

Cyril a l'air sympa, et mon statut de « femme gestante », glamour s'il en est, ne semble pas lui poser de problème. Et, meringue sur le citron, il est plutôt mignon. Enfin, d'après sa photo de profil qui, comme chacun sait, est toujours une version nettement améliorée de la réalité. Mais sincèrement, qui aurait l'idée de mettre une photo de soi au saut du lit, avec les cheveux qui ont fait la guerre et les yeux ouverts comme les magasins le dimanche ?

Nous nous sommes donné rendez-vous au *Béguin*, un bar à l'ambiance rétro qui vient d'ouvrir. Si jamais le rendez-vous se passait mal, j'aurais au moins testé un nouvel endroit. Cyril m'a indiqué qu'il porterait une chemise rose. Moi… mon ventre.

Il est 19 heures lorsque je pousse la porte du bar. Un regard circulaire m'informe qu'il n'y a pas beaucoup de monde et qu'il sera donc facile de repérer la chemise rose. Et, en effet, assis au fond de la salle, je repère mon rendez-vous. Premier soulagement, la photo était plutôt conforme à la réalité. Cyril n'est pas mal. De taille moyenne, blond. Quand il m'aperçoit, il me fait un grand sourire. Dents blanches. Je commence à me détendre.

— Juliette ! Je suis content de te rencontrer.

Tu es aussi jolie que sur ta photo. Presque aussi belle que Princesse.

— Euh… Merci.

Princesse est le prénom de sa fille. Dans nos échanges par mails, je pensais qu'il s'agissait d'un surnom, mais non. Elle aurait pu s'appeler Justine, Pauline ou encore Lilou, mais Cyril et son ex-femme ont dû trouver ça banal, alors ils ont appelé leur fille Princesse. J'essaie de ne pas penser au caniche de mon enfance, répondant lui aussi au doux nom de Princesse…

— Tu es divorcé depuis longtemps ? tenté-je pour faire diversion et chasser de mon esprit l'image d'une petite fille à quatre pattes et la langue pendante dans un panier.

— Ça va faire un an. Mais nous nous entendons très bien. C'est important pour Princesse. Sa thérapeute trouve qu'elle est tout à fait équilibrée.

— Sa thérapeute ? Celle de ta femme ?

— Non, non, la thérapeute de Princesse. Tu sais, ce n'est pas parce que les enfants sont des enfants qu'ils n'ont pas de choses à exprimer. Nous emmenons Princesse voir une thérapeute depuis qu'elle a huit mois.

— Mais qu'est-ce qu'elle pouvait lui raconter à huit mois ? Je ne suis pas une experte, mais ma filleule qui a à peu près cet âge-là ne dit pas grand-chose. À part « areu areu » bien sûr.

Il semble choqué par ma remarque.

— Tu ignores tout des enfants alors ! Ce que tu prends pour des « areu » n'est autre que l'expression de ses émotions. C'est fascinant de voir Princesse échanger avec sa thérapeute. Et tellement enrichissant pour nous ! Il faut dire que c'est une petite fille très douée. À six mois, elle savait déjà faire des puzzles. C'est à ce moment-là qu'on l'a inscrite dans une CHP.

— Une CHP ?

— Une crèche à haut potentiel. Pour permettre aux enfants de développer leurs facultés naturelles. Tu ne t'es pas encore renseignée ? Tu sais, ce genre de crèche est très demandée. Tu as au moins commencé à faire de l'haptonomie ?

— De l'hapto quoi ?

J'éclate de rire. Cyril, non.

Je comprends que les prochaines minutes seront trèèèèès longues.

De retour chez moi, deux heures plus tard, j'allume mon ordinateur d'un geste décidé. À nous deux, Obouduroulo.com !

À la première question (Avez-vous apprécié votre rencontre avec Cyril ?), je suis tentée de répondre : comme une épilation à la cire sur des poils de six mois ; long et douloureux. Mais je me contente d'un : Vous rigolez ?!

À la deuxième question (Êtes-vous sûre de vouloir supprimer votre profil sur Obouduroulo.com ?), je n'hésite pas une seconde : Oui.

À la troisième question (En voulez-vous à quelqu'un pour cette expérience désastreuse ?), un prénom me vient en tête…

Elle va m'entendre !

– 30 –

J'inspire profondément. L'émotion me gagne. J'ai presque terminé l'écriture de mon roman. J'y suis. Il va me falloir dire au revoir à mes personnages.

« Ma chère Valérie,

Si tu lis cette lettre, c'est que je ne suis plus de ce monde. Je n'ai sans doute que quelques minutes pour l'écrire, alors je vais tâcher de me dépêcher.

Sache que je bénis le jour où je me suis assise à côté de toi sur la plage. Tu me faisais tellement de peine. Il fallait absolument que je vienne te parler. On m'a toujours reproché d'être trop curieuse et de me mêler parfois de ce qui ne me regardait pas. Je sais aujourd'hui que j'avais raison de le faire. Notre rencontre en est la preuve.

Tu dois être triste en ce moment, mais ne le sois pas. J'ai vécu une belle vie, j'ai profité de chacun des instants qui m'ont été offerts.

Et je t'ai rencontrée. C'est le plus merveilleux des cadeaux que l'on puisse faire à une vieille dame seule : rencontrer la fille qu'elle aurait tant voulu avoir.

Oui, si Dieu m'avait donné une fille, j'aurais voulu qu'elle soit comme toi. J'aurais voulu qu'elle te ressemble. En tout point. Tu aimes tes filles, j'en suis convaincue. Il n'est pas trop tard pour le leur dire. Il n'est jamais trop tard. Rentre chez toi. Je serai toujours avec toi. Il te suffira de penser à moi et je serai là pour te réconforter.

Accorde-moi une faveur : prends soin de la petite Anna. Elle me fait de la peine, cette gosse. La vie n'est pas tendre avec elle. Tu peux l'aider, j'en suis sûre.

Il est temps pour moi de rejoindre mon Paul. Je m'en réjouis. Il ne faut pas que tu aies de la peine. Je ne veux pas. Sois heureuse. »

Les derniers mots avaient été écrits d'une main tremblante.

Valérie pleurait. Jamais elle ne l'oublierait. Elle sortit de sa chambre et se dirigea vers celle d'Anna.

Valérie, Nanette, Anna. Trois femmes.

J'ai fini. Je suis allée au bout de l'histoire que j'avais au fond de moi. Je n'en reviens pas. Deux cent cinquante pages. Et l'impression d'y avoir mis mes tripes.

J'ai réussi à écrire quelque chose. Moi, Juliette. Quelle sensation incroyable ! Je suis euphorique. Si je n'étais pas enceinte de six mois, je ferais des bonds partout dans mon appartement.

Pour être sûre de ne pas faire machine arrière, de ne pas trouver mille raisons de m'arrêter là, je décide de poster immédiatement mon manuscrit.

Je ne prends même pas le temps de relire les derniers chapitres. De peur de les trouver mauvais. De vouloir tout retoucher ou de ne pas en avoir le courage.

Je regarde les pages sortir de mon imprimante les unes après les autres. Vingt, quarante, soixante, la satisfaction d'y être parvenue, quatre-vingts, cent, cent vingt, l'angoisse que l'histoire soit mauvaise, dénuée de tout intérêt.

Enfin je glisse le tout à l'intérieur d'une enveloppe et claque la porte sans même enfiler un manteau. Heureusement, les températures ne sont pas encore automnales en ce début de mois d'octobre.

Il y a quelque temps, j'ai repéré que le siège d'une petite maison d'édition était situé à quelques rues de mon immeuble. Je n'ai pu m'empêcher d'y voir un signe.

Ne pas ralentir, ne pas faire demi-tour.

Je tourne au coin d'une rue, tellement concentrée sur mon objectif que je ne remarque d'abord pas la jeune femme avec poussette qui m'aborde.

— Juliette ?

Je dois rêver. Il me semble avoir entendu mon prénom. Je jette un coup d'œil furtif autour de moi.

— Juliette, c'est bien ça ?

Je me retourne et la découvre enfin.

— Je ne sais pas si tu te souviens de moi…

Comment pourrais-je l'oublier ? L'image de cette fille sortant de chez Luc est restée gravée dans ma mémoire. Alexandra. Mes yeux descendent sur la poussette. Luc est donc papa. Ça y est.

— Oui, je me souviens de vous. Toutes mes félicitations pour votre bébé. Et tous mes vœux de bonheur. Désolée, je suis pressée…

J'ai envie de tout sauf de discuter avec la femme

qui m'a enlevé Luc. Je préférerais même discuter avec Kathy. Ou pire, avec Kathy *et* Marc !

— Je me doute que vous n'avez pas envie de bavarder avec moi. Vous n'êtes pas obligée de me croire mais, sincèrement, je n'ai jamais eu l'intention, enfin vous voyez… de vous faire du mal.

— Ah non ? Eh bien, c'est raté.

Je m'en veux, mais c'est plus fort que moi. C'est à cause d'elle que j'ai perdu Luc. Même si au fond de moi je sais que c'est plus compliqué que ça.

— Je ne vous demande pas de comprendre. J'aimais Luc. Et pour notre fils… il fallait que je tente de recoller les morceaux.

Luc a donc un garçon. J'ai mal entendu ou elle a dit qu'elle « aimait » Luc ? Genre avant, et maintenant elle ne l'aime plus ?

— C'est difficile de reconstruire son couple après une rupture. J'ai commis une erreur et je pensais que nous pourrions tourner la page. Mais les choses ne sont jamais aussi simples. Au moins nous aurons essayé. Et puis, Luc n'était déjà plus disponible dans sa tête lorsque je suis revenue. Il ne l'avouera sans doute pas, mais je sais que c'est l'une des raisons pour lesquelles ça n'a pas marché. Vous devez vous demander pourquoi je vous raconte tout ça ?

— Oui… Vous l'avez dit, nous ne nous connaissons pas et vous ne me devez rien.

— C'est pour Luc. Si cela peut permettre d'arranger les choses entre vous. Je vous en ai voulu au début. Beaucoup. Si vous n'aviez pas existé, peut-être que cela aurait fonctionné à nouveau entre nous deux. J'ai dû me rendre à l'évidence. Parfois, il faut savoir perdre. Et j'ai perdu. Je crois que vous étiez pressée, je vous laisse. Bonne journée, Juliette.

Je la regarde s'éloigner. La croiser à cet endroit et ce jour-là, c'est tellement bizarre. Luc et elle ne sont plus ensemble. Luc est donc libre. Je chasse aussitôt cette idée de mon esprit. S'il était libre et s'il avait vraiment des sentiments pour moi, il m'aurait appelée. Or, il ne l'a pas fait.

Je suis sortie pour déposer mon manuscrit dans une boîte aux lettres.

C'est ce que je vais faire.

Et rien d'autre.

– 31 –

« Bébé continue de grossir et de grandir. Il a moins de place au sein de votre utérus, il limite donc un peu plus ses mouvements. Il a maintenant de très fins cheveux sur la tête, et des poils longs et fins sur le corps : il perdra ceux-ci au cours des deux derniers mois. Il est réceptif à son environnement extérieur et est à l'écoute de vos conversations, des bruits et de la musique que vous écoutez. À la fin de ce septième mois, il pèse 1,5 kilo et mesure 37 centimètres. »

Plus de roman à écrire. Pas de bras dans lesquels me lover. Désœuvrée, je passe des heures sur Cgravissimo.com. J'apprends des tas de choses utiles, comme le fait que ma fille est pleine de poils longs et fins mais qu'elle va les perdre d'ici la fin de la grossesse. À quoi donc servent ces poils ? Et où s'en vont-ils une fois tombés ? Est-ce que mon utérus est pourvu d'une trappe d'évacuation ? Et si jamais elle ne les perdait pas et qu'elle naissait recouverte d'une fourrure, je serais obligée de l'appeler Princesse…

Je doute de la véracité de tout ce que je lis.

Notamment : *« Bébé a moins de place au sein de votre utérus, il limite donc un peu plus ses mouvements. »* La mienne doit se croire dans un loft de cinq cents mètres carrés alors. Ou sur un *dancefloor*. Son moment préféré pour me labourer le ventre et peser de tout son poids sur ma vessie, qui ne peut désormais contenir plus d'un demi-verre d'eau, c'est la nuit. En même temps, dormir c'est pour les faibles, je l'ai toujours su.

« Vous approchez de la fin de votre grossesse. Il est temps de vous préparer à son issue : l'accouchement. »

La perspective de l'accouchement me terrifie. Mais Cgravissimo n'a pas l'air de mentionner d'autre possibilité, rapide et sans douleur. Pour ma part, je verrais bien une sorte de languette de Flanby sur laquelle on tirerait et plop ! le bébé serait là. Rapide, facile, sans le caramel mais on ne va pas chipoter.

Et puis, en principe, on est censé être deux pour se préparer. Or dans cette histoire il n'y a que moi et… moi. J'ai envisagé un temps de me tourner vers ma mère pour ce moment particulier. Mais cette idée n'a pas résisté à un appel téléphonique :

— Allô, maman ?

— Tiens… Juliette, tu n'es pas morte ?

Ma mère, ou l'art de démarrer les conversations de manière fort agréable.

— Non, je ne suis pas morte, maman. Ne t'inquiète pas, quand je mourrai, je ferai ça bien, je t'enverrai un fax – ma mère refuse de se doter du moyen de communication moderne et efficace qu'est une boîte mail.

— Tu pourrais quand même prendre du temps pour venir nous voir. Ce n'est pas comme cela qu'on t'a élevée.

Ce n'est pas comme si ma vie tout entière avait été bouleversée en l'espace de sept mois, ai-je eu envie de répliquer.

— Oui, maman, tu as raison. C'est promis, je passe vous voir le week-end prochain. Comment va papa ?

— Très bien ! Ce n'est pas lui qui a été percuté par une voiture, que je sache. Pourquoi est-ce que c'est toujours de ses nouvelles que l'on demande ?

— Je ne sais pas, maman…

— Nous t'attendons dimanche alors ? Ne sois pas en retard. Sinon, ce sera froid.

Impossible donc de lui demander d'être présente le jour de l'accouchement. Impossible d'être moi-même avec elle. Il ne me restait qu'une solution…

— Tu serais d'accord, Nina ? J'ai l'impression de te demander un truc énorme…

— Assister à un accouchement qui n'est pas le mien ? Tu rigoles, j'en ai toujours rêvé !

Qui dit accouchement, dit préparation à l'accouchement. J'ai nommé une salle surchauffée où vingt futures mamans tentent de s'asseoir le plus gracieusement possible avant de se relever une heure plus tard, toujours le plus gracieusement possible. Ajoutez à cela une dizaine de futurs papas, tenant fermement le coussin d'allaitement de leur femme, l'air un peu paniqué.

— C'est votre premier ? m'a demandé l'un d'eux lors du premiers cours.

Question rituelle qui classe les gens en deux catégories. Ceux dont c'est le premier et qui sont terrorisés par le fait que leur bébé va sortir par un trou de souris. Et ceux dont c'est le deuxième, et qui vous racontent avec moult détails leur précédent accouchement : « Le travail a duré vingt-quatre heures, on a cru que ça ne finirait jamais » ; « J'ai eu une épisiotomie de dix centimètres, je n'ai pas pu m'asseoir pendant deux mois » ; « Le bébé ne descendait pas, la sage-femme a dû grimper sur mon ventre pour le pousser »…

— Oui, c'est mon premier. Et vous ?

— Aujourd'hui, nous allons apprendre à respirer, annonce Cynthia, la sage-femme qui anime les cours. C'est très important de bien respirer. Cela vous aidera à gérer les contractions et donc la douleur.

— Pourquoi elle parle de « gérer la douleur », Nina ? C'est pas pour ça qu'on a inventé la péridurale ?

— Chut ! Écoute. Je ne peux pas te dire pourquoi c'est important, mais ça l'est.

Je croirais entendre Florence Foresti et sa fameuse clause de confidentialité signée par toutes les femmes ayant accouché.

— Il est important de vous entraîner à pousser sur l'expiration, poursuit Cynthia, ainsi bébé se positionnera comme il faut et vous préserverez votre périnée.

— Nina, tu crois qu'il est trop tard pour la languette Flanby ?

Nous pouffons toutes les deux et recevons en retour un regard réprobateur – « Si votre périnée est bousillé, faudra pas venir vous plaindre » – de Cynthia.

Je note tout de même mentalement de vérifier sur Cgravissimo cette histoire de périnée.

– 32 –

Pile à l'heure devant la porte de la maison dans laquelle j'ai grandi, je frissonne. La température s'est brusquement rafraîchie, annonçant l'arrivée du mois le plus déprimant de l'année, novembre. Je me sens nerveuse. Ce n'est qu'un déjeuner pourtant. Et ce ne sont que mes parents.

Je sonne.

Mon père m'accueille avec un grand sourire.

— Ma fille, je suis content de te voir !

Je lui colle une bise sur la joue.

— Maman n'est pas là ?

— Si, si, elle est dans la cuisine. Je dois te prévenir qu'elle a invité Sylvain, le fils de la voisine.

— Sylvain ? Pourquoi ? Ça devait être un déjeuner familial, pas une rencontre matrimoniale…

Sylvain, dans mes souvenirs, est comptable ou quelque chose de ce genre. Nous avons le même âge et ma mère, sans que je lui en demande, m'a toujours donné de ses nouvelles régulièrement. « Tiens, tu te souviens de Sylvain, le fils de Mme Trancard, il a eu une promotion » ; « J'ai vu Sylvain la semaine dernière, quel gentil garçon ! »…

Elle est occupée à rectifier l'assaisonnement de ce que je devine être un bœuf bourguignon. Ça sent bon, tellement meilleur que mes plats réchauffés.

— Ah, Juliette, tu tombes bien, ce n'est pas tout à fait prêt. Est-ce que tu peux aller tenir compagnie à Sylvain dans le salon ? Tu te souviens de Sylvain ? Le fils de la voisine. Il passe quelques jours chez ses parents, alors j'ai pensé que ce serait sympathique de l'inviter. Tu t'entendais bien avec lui, à l'époque.

Pour être honnête, je n'ai guère de souvenirs de Sylvain Trancard. Le déjeuner promet d'être passionnant…

Il se lève dès que j'entre dans le salon. Plutôt grand et maigre, les cheveux très courts, les yeux marron. Non, décidément, il ne m'évoque rien du tout. Apparemment aussi embarrassé que moi, il se fend néanmoins d'un sourire chaleureux.

— Juliette, c'est bien ça ? À en croire nos mères, à trois ans nous étions inséparables. Je suis vraiment désolé, mais je crois que je n'en ai gardé aucun souvenir…

— Bienvenue au club ! lui réponds-je avec un petit sourire de connivence. Manifestement, nous sommes les victimes d'une conspiration maternelle.

Son regard se pose sur mon ventre.

— Tu es…

— Enceinte ? Eh oui ! De sept mois.

— J'étais sûre que vous seriez contents de vous retrouver, nous interrompt ma mère, un plateau de toasts dans les mains.

— Je complimentais votre fille, madame Mallaury. Elle est ravissante.

Ma mère, tout sourires, se tourne vers moi.

— Ça c'est gentil, n'est-ce pas, Juliette ? Asseyez-vous, Sylvain, asseyez-vous. Vous ne vous attendiez sûrement pas à revoir Juliette dans cet état, si je puis dire…

— Maman, je suis enceinte, pas atteinte d'une maladie honteuse !

— Oui, enfin, tu n'es pas mariée. Et le père du bébé, ce Luc, Dieu sait ce qu'il est en train de faire en ce moment… Vous prendrez bien un toast, Sylvain ? Il y en a au saumon, à la mousse de canard, et ceux-là sont au roquefort.

Je m'apprête à noyer mon ego dans mon cocktail de fruits, avec une aisance née de l'habitude, mais la mécanique bien huilée cède d'un seul coup :

— Luc n'est pas le père du bébé, maman.

Cette révélation fait l'effet d'une bombe. Ma mère en lâche son toast à la mousse de canard et me regarde avec stupeur.

— Comment ça ? J'avais bien dit à ton père qu'il ne sortirait rien de bon d'un homme qui se fait payer pour faire des cochonneries !

— Luc n'est pas plus acteur de charme que moi présentatrice météo. Il a inventé ça pour s'amuser, parce que je l'ai fait passer pour mon fiancé alors que je le connaissais à peine.

— Mais si ce n'est pas lui, alors…

— Qui est le père ? Un certain Marc. Avec qui j'ai passé une seule nuit. Juste après avoir démissionné pour tenter de réaliser mon rêve de devenir écrivain.

Ma mère porte la main à sa bouche pour réprimer un cri.

— Eh oui, maman, ta petite Juliette, si gentille, si parfaite, n'est pas du tout celle que tu crois. Pendant des années, trente ans pour être exacte, j'ai fait ce que l'on attendait de moi. Je m'y suis conformée. Surtout ne pas faire de vagues ! Mais pour quoi, au bout du compte ? Pour un travail que je détestais et une vie ennuyeuse. J'ai décidé que je valais mieux que ça. Que je n'étais pas cette fille-là. J'ai envie de vibrer. J'ai envie d'être heureuse, de rire. J'ai écrit un roman. Peut-être qu'il est mauvais, peut-être qu'il ne sera jamais publié, mais, pour la première fois de ma vie, j'ai fait quelque chose dont j'avais envie *moi*, et moi seule. Et dont je suis fière. Ce bébé à venir, il me rend heureuse aussi. Alors oui, le père s'en contrefout, oui, Luc m'a quittée et je suis au chômage. Pourtant, je suis heureuse comme jamais. Je me sens libre. Je sais que ça vous déçoit, et loin de moi l'envie de vous faire de la peine, mais je refuse d'être désolée pour avoir enfin eu le courage d'être moi.

Après ce monologue sorti tout droit du cœur, je me tourne vers Sylvain, dont l'embarras semble avoir atteint la taille de l'Everest.

— Sylvain, je suis vraiment désolée que tu aies dû assister à ce délicieux échange familial.

Soudain à l'étroit, je me lève et quitte précipitamment la maison. J'étouffe, il me faut de l'air. Les larmes coulent toutes seules. Des larmes de libération autant que de tristesse. Mes parents s'en remettront mais la pilule va sans doute être un peu dure à avaler. En tout cas pour ma mère. Car dans le regard de mon père, j'ai cru déceler quelque chose qui ressemblait à de la fierté.

— Ça va, Juliette ?

Sylvain m'a suivie.

— Oui, oui. Je suis sincèrement désolée. Tu n'avais

pas à être le témoin de tout ça. Mais ça a été plus fort que moi.

— Je comprends. Et, en fait, je t'admire.

— Tu m'admires ?

— Parce que tu as eu le courage que moi je n'ai pas. J'ai cédé face à l'insistance de ma mère et accepté l'invitation de la tienne, alors que je vis avec quelqu'un.

— Une actrice de charme ?

— Non. Mais il s'appelle Sébastien.

– 33 –

— Ce qui va me manquer lorsque j'aurai accouché, c'est l'option table basse intégrée.

Nina et moi regardons une comédie romantique que nous avons déjà vue dix mille fois. Chacune son pot de glace. Moi *chocolate midnight cookies*, Nina vanille-noix de pécan. J'ai posé mon pot sur mon ventre.

— Je me souviens en effet, c'était pratique. Mais bon, ne plus voir ses pieds ou se cogner partout, ça n'est pas génial.

— Tu te rends compte que dans seulement un mois elle sera parmi nous ? C'est passé si vite. Dans un mois, on fêtera Noël et j'aurai un tout petit bébé dans les bras.

— J'ai l'impression que c'était hier que tu m'annonçais la nouvelle.

— Je me demande ce que serait ma vie aujourd'hui si…

— N'y pense pas ! Au fait, tu as reçu une réponse de l'éditeur ?

— Aucune. Mon manuscrit a dû atterrir directement dans une poubelle. Il est probablement archinul. Et je vais devoir chercher un boulot ennuyeux d'assistante de gestion. Je suis ravie !

— Attends, ça fait combien de temps que tu l'as déposé ?

— Deux mois déjà…

— Tu sais, les éditeurs reçoivent sans doute des dizaines de manuscrits, il ne faut pas perdre espoir. Tant que tu ne décachettes pas une lettre commençant par : « Nous sommes au regret de vous annoncer… », tout est encore possible !

— J'admire ton optimisme. De toute façon, peu importe, je suis fière d'être allée au bout. C'est le plus important pour moi.

— Du coup, maintenant que tu n'écris plus, à quoi vas-tu occuper ton temps d'ici la naissance ? Tu sais que tu peux toujours…

— Non, je ne l'appellerai pas. C'est à lui de revenir vers moi.

— Juliette ! Tu sais qu'il est célibataire, peut-être malheureux comme une glace en plein soleil de t'avoir perdue… Et tu ne voudrais pas être son congélateur ?!

— L'ancienne Juliette l'aurait peut-être appelé. Mais maintenant, c'est à lui de le faire. Si Alexandra lui a dit qu'elle m'avait croisée, il sait en plus que je sais.

— Si tu commences avec les « il sait que je sais », on ne va pas s'en sortir, c'est certain… Et tes parents, tu as eu des nouvelles ?

— Mon père m'a téléphoné avant-hier. Il voulait savoir comment j'allais, et que je vienne les voir samedi soir pour discuter au calme.

— Tu vas y aller ?

— Je ne sais pas… D'un côté, je me dis que plus

j'attends et plus ce sera difficile, de l'autre je ne suis pas sûre d'être prête. Je vais peut-être prétexter des contractions, histoire de gagner du temps…

— Moi, samedi soir, je dois faire de la représentation à une soirée organisée par Martin pour son travail. C'est la soirée annuelle de son entreprise où les meilleurs commerciaux sont récompensés. Trophée du meilleur vendeur de Javel, du meilleur vendeur de serpillières… Tu vois le genre. C'est incroyablement pénible mais je suis obligée d'y aller parce que les conjoints sont conviés. Tu imagines ma joie… En plus, Martin va passer son temps à tout superviser. Je vais compter les minutes. Mais, j'y pense, tu pourrais venir avec moi !

— Pardon ?! Non mais j'ai contractions moi, samedi soir, tu as oublié ?

— Je t'en supplie, Juliette, on pourrait bien s'amuser toutes les deux. On se moquera des tenues des autres femmes. Et le buffet s'annonce mortel. Martin a décidé de mettre les petits plats dans les grands. C'est la première année qu'il organise l'événement, alors il veut que tout soit parfait. Il faut que tu viennes avec moi !

— Mais je n'ai pas de mari commercial en serpillières, moi…

— Non, mais tu as une meilleure amie femme de mari commercial en serpillières, responsable régional de commerciaux en serpillières qui plus est. Ça offre certains privilèges. Tu sais, tout le monde ne peut pas venir à cette soirée.

— Tu plaisantes ?

— Oui… Mais je suis désespérée, alors je tente le tout pour le tout !

— Bon, d'accord. Mais franchement, mon programme « j'ai-des-contractions-maman-je-ne-peux-pas-venir » me convenait très bien.

Le premier souci lorsqu'on est enceinte de près de huit mois, c'est sans conteste la garde-robe. Mais à force de fouiller dans mon armoire, je finis par exhumer une combinaison noire en tissu extensible. Les bretelles sont fines ; avec une petite veste par-dessus, ce sera parfait. Chic et confortable.

— Tu es superbe ! s'exclame Nina lorsqu'elle m'accueille à l'entrée de la salle où se déroule la soirée.

— Merci ! Tu n'es pas mal non plus !

C'est un euphémisme. Nina porte une robe de soie verte absolument fabuleuse et des escarpins noirs vertigineux. Je me demande comment elle arrive à marcher sans tomber.

— Viens, une grande partie des invités est déjà là. Je m'ennuyais tellement que j'ai déjà dévoré une partie du buffet.

Nous rions en entrant dans la salle bras dessus bras dessous. Une quinzaine de tables rondes sont disposées en face d'une scène sur laquelle trône un pupitre.

— Tu crois qu'ils vont faire des discours comme pour les Oscars genre : « Je ne m'y attendais pas... Je n'ai rien préparé... Je remercie mon père, ma mère, mes frères et mes sœurs... » ?

— Pourvu que non, me répond Nina en soupirant.

En apercevant le buffet, je réalise que je meurs de faim. Il y en a pour tous les goûts : sushis, makis, brochettes, bouchées vapeur, verrines, mignardises, macarons…

— On va peut-être s'ennuyer, Nina, mais on va se régaler.

J'attrape une assiette et la remplis de ce qui me fait envie, c'est-à-dire à peu près tout. Puis nous nous dirigeons vers notre table, située devant la scène. En plein milieu de la salle.

— Super ! On sera aux premières loges pour les remerciements. Regarde, Nina, ton homme monte sur scène.

Nous nous asseyons à nos places lorsqu'en effet Martin commence son discours.

— Avant toute chose, je voudrais vous remercier d'être présents ce soir. Comme chaque année Prop & Net récompense ses meilleurs commerciaux. Et c'est à moi que reviennent l'honneur et le plaisir d'attribuer les trophées du nettoyage…

Joignant le geste à la parole, il sort de dessous le pupitre deux coupes en forme de seau et de serpillière. Dorées.

Je pouffe. Nina tente de conserver son sérieux, mais elle est sur le point d'éclater de rire.

— Tu as raison, Nina, je crois que je vais bien m'amuser ce soir. Merci de m'avoir invitée.

Elle me donne un coup de coude. J'essaie de me concentrer sur Martin.

— Bref, sans plus attendre, le premier trophée va au meilleur vendeur de l'année. Celui dont le chiffre d'affaires va faire pâlir d'envie ceux qui débutent dans le métier. J'ai nommé… Marc… Dupré !

Tout le monde applaudit dans l'attente de voir ledit Marc monter sur scène pour récupérer sa serpillière d'or. Je veux me joindre aux autres mais, dans mon empressement à applaudir, je fais tomber ma fourchette par terre. Je me baisse difficilement pour la ramasser, et lorsque enfin je me redresse, le gagnant du trophée est sur la scène.

Mon cœur rate un battement. Marc Dupré ressemble étrangement à Marc, le Marc que je connais. Le père de mon bébé. Enfin, le géniteur…

— Ça ne va pas, Juliette ? Tu es toute pâle d'un coup.

— Je dois avoir une hallucination… Le type qui est sur scène…

— Il est pas mal, non ?

— Oui… Eh bien, ce Marc Dupré, c'est Marc-je-suis-désolé-mais-c'est-ton-problème-ce-bébé !

— Noooooon ! Alors ça… Mais tu savais qu'il bossait pour Prop & Net ?

— Non, juste qu'il était commercial. On n'a pas vraiment pris le temps de faire connaissance. Tu crois qu'il m'a vue ?

— Je n'en sais rien, mais si ce n'est pas le cas, ça devrait vite le devenir. Regarde, Martin vient nous le présenter.

Je vais finir par penser que j'ai fait quelque chose de mal dans une vie antérieure, genre tueuse de chatons ou pire. Mais quelle était la probabilité pour qu'en plus d'être l'ami de Luc, Marc travaille dans la société du mari de Nina[1] ? Les verrines pèsent d'un coup une tonne sur mon estomac.

— Marc, je te présente Nina, ma femme, et Juliette, sa meilleure amie.

1. Un peu plus et on se croirait dans un roman…

— Bonjour, Marc, ravie de vous rencontrer, lui dit Nina. J'ai tellement entendu parler de vous…

— Le plaisir est partagé.

Il lui sert son sourire de tombeur puis se tourne vers moi.

— Tiens, Juliette. Toi… ici…

— Vous vous connaissez ? demande Martin, étonné.

J'hésite sur le ton à adopter, je choisis celui du sarcasme :

— Est-ce qu'on se connaît ? C'est une bonne question… On va dire que Marc et moi on se croise. De temps à autre.

— Maaaaarc, mon chéri ! Je suis tellement fière de toi !

Une blonde à la chevelure surgonflée s'est approchée de nous et embrasse Marc à pleine bouche.

— Tu étais si beau sur scène. Je suis sûre que toutes les femmes sont jalouses de moi maintenant !

— Je vous présente Ophélie, ma fiancée, bredouille Marc en évitant de me regarder.

Ophélie nous fait un sourire Ultra Brite et nous claque une bise bruyante.

— Oh, mais vous êtes enceinte ! J'adore les enfants ! J'ai hâte d'être enceinte moi aussi. N'est-ce pas, Marc ? dit-elle en gloussant. C'est pour bientôt ? Votre mari est commercial aussi ?

Je suis suspendue à sa respiration. J'ai peur qu'elle ne nous fasse une rupture d'anévrisme avec un tel débit.

— Oui, c'est pour bientôt. Et non, mon mari n'est pas commercial. Je n'ai pas de mari en fait. Il n'y a que moi. Rien que moi et mon bébé.

Je lance un regard cynique à Marc. Il ne cille pas.

— C'est horriiiiiible ! Votre mari est mort… peut-être ?

Quel tact. Elle a tout pour me plaire, cette Ophélie.

— On ne peut pas dire qu'il soit mort, non, mais il *fait* le mort, ça, c'est certain.

Marc est blême.

À la morgue dont il a fait preuve lors de notre dernière entrevue se substitue, me semble-t-il, de la peur.

— Viens, chérie. Allons nous asseoir et trinquer à mon trophée.

Marc et Ophélie s'éloignent. Lui d'un pas plutôt pressé, elle en roulant les hanches.

— Nina, tu savais que Marc travaillait avec Martin ?

— Tu crois que si je l'avais su je t'aurais traînée ici ?! Évidemment que je l'ignorais. Des Marc, il y en a des tas en France. Mais pourquoi est-ce que tu n'en as pas profité pour tout balancer devant elle ? Il n'aurait eu que ce qu'il méritait !

— Parce que je ne suis pas méchante, tu le sais bien. Et puis, cette fille, elle n'y est pour rien.

— Tu es trop gentille, si tu veux mon avis. Ce type t'a quand même plantée comme une vieille chaussette avec une noisette dans le rôti !

Même pas mal.

— Il n'a plus aucune importance. Si on allait prendre l'air plutôt ? On étouffe ici, tu ne trouves pas ?

Alors que j'attends Nina, partie récupérer son manteau au vestiaire, Marc déboule droit sur moi, l'air furieux, et m'empoigne le bras.

— Qu'est-ce que tu fais là, Juliette ? Tu le fais exprès, c'est ça ? Tu as décidé de me pourrir la vie ? Tu voulais m'attendrir avec ton gros ventre ? Tu croyais que, d'un coup, je voudrais jouer les papas gâteaux ? Je te l'ai déjà dit : je n'en ai rien à faire de ton gosse. C'est ton problème, pas le mien !

— Mais lâche-moi, tu me fais mal !

Marc resserre sa main autour de mon bras.

— Je veux que tu te tires d'ici. Et ne t'avise pas de parler à Ophélie ! Si jamais tu lui dis un mot de toute cette histoire, je te jure que…

— Un mot de quoi, Sweety ?

Marc me lâche le bras. Ophélie nous a rejoints sans qu'on s'en aperçoive.

— Pourquoi est-ce que tu t'en prends à cette jeune femme ? Que se passe-t-il ? Tu as l'air contrarié, mon chou. Dis-moi !

— Rien du tout. Une vieille histoire… N'en parlons plus, Juliette, d'accord ?

Ophélie se tourne vers moi.

— Qu'est-ce que vous me cachez ? Juliette ? Pourquoi Marc vous tenait-il le bras ?

— Oh, trois fois rien ! Une histoire sans importance. Quelques verres, un soupçon de malchance et plusieurs kilos de lâcheté. Vous me demandiez si mon mari était commercial. Mon mari, non, vu que je n'ai pas de mari, mais le géniteur du bébé, oui, en revanche. Et il est le meilleur dans son domaine. Enfin, c'est ce qu'on m'a dit. Parce que je ne le connais pas vraiment. Nous nous sommes très peu vus, juste assez pour qu'il me fasse savoir : « Démerde-toi, Juliette, ton gosse, c'est pas mon problème. » Je me rappelle simplement qu'il s'appelait Marc.

– 34 –

Depuis une heure je fixe l'enveloppe. À première vue, elle a l'air anodine. Pourtant le logo en haut sur la gauche indique qu'elle ne l'est pas. À l'intérieur se joue une partie de mon avenir. De mon rêve. Quand je l'aurai ouverte et que j'aurai lu ce qu'elle contient, le rêve deviendra réalité... ou se brisera.

Je n'y croyais plus. Ça fait plus de deux mois que j'ai déposé le manuscrit. Je m'étais même résignée à éplucher les offres d'emploi. Avec peu d'enthousiasme. Il faut dire qu'être enceinte n'est pas la meilleure carte de visite pour décrocher un job.

Et aujourd'hui, dans ma boîte aux lettres, le courrier tant attendu est enfin là. Je suis bien consciente que même si la réponse est positive je ne vais pas devenir riche et qu'il me faudra envisager de travailler. Mais je pourrai peut-être différer, ou songer à d'autres secteurs d'activité.

Fébrilement, je décachette l'enveloppe. Il y a un document dont je ne vois pas le titre, camouflé par un mot écrit à la main.

Juliette,

Ce sera sans doute pour toi une raison supplémentaire de m'en vouloir, mais je ne suis plus à ça près. Il se trouve que tu as déposé ton roman à la maison d'édition pour laquelle je travaille. Ta mère serait sans doute heureuse d'apprendre que mon métier est tout ce qu'il y a de plus ennuyeux en réalité. Je tente de faire de l'humour, mais j'ai conscience que cela ne doit pas te faire rire... Je savais que tu écrivais un roman, alors j'ai préféré ne pas te dire que je travaillais dans l'édition. Je ne voulais pas que cela fausse nos relations. À ce moment-là je pensais aussi que les choses se dérouleraient différemment entre nous...

Bref, ton manuscrit a été lu par l'un de mes collègues mais j'ai tenu à t'écrire ce mot pour accompagner ses commentaires. Habituellement, on ne procède pas ainsi, par courrier. On rencontre l'auteur directement. Mais j'ai pensé que ce serait mieux ainsi.

Ton texte est prometteur, Juliette. Pour un premier roman, les mots sont justes, l'histoire est prenante, les personnages attachants. Il mérite d'être publié, et j'en suis très heureux pour toi.

Égoïstement, j'espère que cela me rachètera un petit peu à tes yeux. Je ne pouvais pas faire autrement. Je m'en serais voulu toute ma vie de ne pas avoir laissé sa chance à Alexandra, pour mon fils.

Gaël fait de moi un papa comblé. Hélas, un enfant ne répare pas un couple brisé. Finalement, Alexandra et moi, nous nous sommes séparés. Enfin ça, tu le sais déjà. Et définitivement cette fois. Elle restera à tout jamais la mère de mon enfant, mais ce qui a existé entre nous n'est plus. Nous avons essayé, ça n'a pas marché.

J'espère que tu trouveras le bonheur que tu mérites. Je te le souhaite de tout cœur, sincèrement.

Je t'embrasse.

Luc.

Je ne sais pas ce qui me choque le plus. La proposition de publication, c'est-à-dire le début du rêve. Ou le fait que Luc soit éditeur, et qu'il ne m'en ait jamais parlé.

Je relis son mot. Il n'est plus avec Alexandra. Il a été sincère avec moi, je ne peux pas le nier. Et ça me fait plaisir de le lire.

Mais alors, pourquoi est-ce qu'il ne m'a pas appelée plus tôt ? Nous avions vécu un début d'histoire. Et nous étions voisins. Il aurait pu me téléphoner pour prendre de mes nouvelles, comme ça, l'air de rien…

Je pose les feuillets sur la table et caresse la première page. J'ai toujours du mal à y croire.

Si Luc travaille dans cette maison d'édition, il va falloir que nous nous croisions un jour ou l'autre…

Aïe ! Une contraction. Soudaine. Violente. Je ne peux retenir un petit cri. Je respire profondément en espérant que cela fera passer la douleur.

Quelque chose de liquide coule entre mes jambes.
Deuxième contraction.
Celle-là me coupe le souffle. Plus de doute. Nous y sommes.
Je vais enfin faire la connaissance de ma fille.

– 35 –

La maternité. Destination finale de ma vie bouleversée.

Les douleurs sont atroces. Bien pires que ce que j'avais imaginé. Et j'ai peur. Je suis morte de trouille pour être tout à fait exacte.

Je ne m'étais jamais projetée enceinte mais, si je l'avais fait, je ne crois pas que j'aurais vu les choses ainsi. Perdre les eaux seule chez soi, appeler soi-même l'ambulance pour être conduite à la maternité. Je m'attendais presque à ce que le chauffeur de l'ambulance me demande où il était, d'ailleurs, mon mari…

J'avais même réfléchi à l'avance à une excuse du genre : « Il est diplomate, en mission à l'étranger », pour ne pas avoir à dire : « Je n'ai pas de mari et si vous parlez du géniteur il doit sans doute s'envoyer en l'air avec sa fiancée à l'heure qu'il est, car il se fout royalement de ce bébé ! »

Tiens, je me demande d'ailleurs ce qu'il est advenu de Marc. Si Ophélie lui a collé sa main aux doigts manucurés dans la figure après mes sous-entendus qui ont dû lui mettre, si ce n'est la puce, au moins le puceron à l'oreille. Sans doute la douleur qui me fait divaguer…

Heureusement, l'ambulancier ne m'a pas posé de questions. M'est avis qu'il avait surtout hâte qu'on arrive, de peur que j'accouche sur la banquette arrière et ruine les sièges de son véhicule. J'ai gémi pendant tout le trajet, en essayant de respirer comme je l'avais appris pendant les cours de préparation. C'est bien gentil, cette respiration « sur l'expire », mais comment je fais, moi, quand toutes les cinq minutes mon ventre se déchire en deux ?

Dès mon arrivée, je suis accueillie par la sage-femme.

— Bonjour, madame, je suis Marie. C'est moi qui vais vous accompagner durant l'accouchement.

— Et moi c'est Juliette. Mais mademoiselle, pas madame. Notez que j'aurais bien voulu être madame… Ah aaaaaaaaaaaaaïe !

Voilà qui complique la conversation.

— C'est joli, Juliette. Est-ce que je peux vous examiner ?

— Oui, sauf si c'est pour m'annoncer que je ne vais pas accoucher tout de suite.

Marie, la femme la plus importante de la Terre pour moi à cet instant, m'installe dans une salle immense avec des tas d'appareils qui ne font qu'augmenter mon anxiété. Je savais que je n'aurais pas dû zapper le cours « visite de la maternité ».

— Je vous confirme que le travail a commencé. Votre col est dilaté de deux centimètres.

— Pardon ? Comment ça, deux centimètres ? Je souffre le martyre et je n'en suis qu'à deux ? Vous êtes sûre ? Ce n'est pas huit plutôt ?

Elle me sourit, l'air un peu contrit.

— Je sais que ce n'est pas facile, mais je vous confirme que vous n'en êtes qu'à deux centimètres… Votre bébé naîtra bien aujourd'hui, mais peut-être pas avant plusieurs heures. Il va falloir patienter un peu.

— Patienter, je veux bien. En revanche, souffrir, non… C'est atroooooooooce ! Vffff vffff vffffff[1]…

Marie me prend la main et m'accompagne dans ma respiration pour faire passer la contraction.

— Si vous voulez, je peux vous montrer différentes postures qui vous permettront de soulager un peu les douleurs. Est-ce que vous souhaitez une péridurale pour la suite ?

— Est-ce que j'ai la tête de quelqu'un qui ne veut pas de péridurale ? Sans vouloir vous offenser, hein… Lorsque je me coupe, je hurle déjà à la mort, alors oui, je veux une péridurale ! Je vous en supplie, faites venir l'anesthésiste tout de suite…

Elle rit. Je souffre le martyre.

— Il va falloir attendre un peu pour la péridurale, il faut que le col soit plus dilaté. Mais je peux déjà le prévenir. Est-ce que vous voulez que j'appelle quelqu'un, sinon ?

Je la sens gênée. Sans doute à cause de ma remarque sur le « mademoiselle »…

— Non, merci. J'ai appelé ma meilleure amie qui ne devrait pas tarder à arriver. Mais merci beaucoup.

Deux heures. Deux heures que je tente tant bien que mal – plutôt mal, il faut l'avouer – de gérer la

1. J'essaie de souffler.

douleur. J'ai à peine le temps de retrouver mon souffle après une contraction qu'une autre monte déjà. C'est infernal. Comment font les femmes pour accoucher plusieurs fois ? Si je sors vivante de cette histoire, je me fais ligaturer les trompes et on n'en parle plus ! Et qu'est-ce qu'elle fait, Nina ? Je ne vais pas en plus accoucher toute seule !

Après quelques petits coups frappés à la porte, la tête de Nina apparaît. Elle porte une charlotte en papier et une blouse bleue par-dessus ses vêtements. C'est la première fois que je ne la vois pas à son avantage.

— Ce n'est pas trop tôt ! Tu as pris le temps de te faire belle sous ta blouse, c'est ça ? J'accouche, moi, je te signale ! Et c'est horrible, tu n'imagines pas.

— Merci pour l'accueil et, excuse-moi, mais si, j'imagine très bien ! Je te rappelle que j'ai accouché il n'y a pas si longtemps. C'est d'ailleurs pour ça que je vais te pardonner ce mouvement d'humeur.

— Je suis désolée, Nina. Et injuste aussi. Mais quand même, tu en as mis du temps !

— Il fallait que je trouve quelqu'un pour garder ta filleule durant les douze prochaines heures, figure-toi. Et ce n'est pas si facile que ça.

— Comment ça, les douze prochaines heures ? Ça va être si long ? Je vais mourir avant la fin, ce n'est pas possiiiiiiiiiible… Vffff vffff vffff…

— Tu as demandé une péridurale ?

— Évidemment ! Pourquoi tout le monde me pose la question ?

— Parce que chacune est libre de vivre son accouchement comme elle le souhaite. Tu verras, quand elle sera posée, tu te sentiras mieux.

— Que le Père Ridurale t'entende !

Nous rions toutes les deux. Enfin Nina, surtout. Moi je gémis plutôt.

— Il va falloir que tu me réexpliques ce que tu me disais dans ton message, au fait. Je n'ai rien compris. C'est quoi cette histoire avec Luc ? Tu l'as vu ?

— Non, il m'a écrit. Tu te souviens que j'ai posté mon manuscrit ? Eh bien, Luc travaille pour l'éditeur à qui je l'ai envoyé. Tu le crois ? Normalement ce genre de coïncidence n'arrive que dans les films. Ou dans les romans. Bref, l'éditeur en question a aimé mon histoire et souhaite la publier. Luc a joint un petit mot d'accompagnement.

— Et... ? Tu es contente ? Ou furieuse ?

— Je ne sais pas vraiment. D'un côté il m'a caché qu'il travaillait dans l'édition alors qu'il savait que j'écrivais... C'est comme si je ne le connaissais pas du tout en fait. De l'autre, son mot était extrêmement gentil. Et je suis très heureuse qu'ils me proposent de m'éditer. Tu te rends compte ? Bientôt, je vais pouvoir rayer le point 4 de ma liste des bonnes raisons d'écrire mon roman ! Aaaaaaaaaaïe !!! Vffff vffff...

Nina m'attrape la main et a la gentillesse de ne pas me faire remarquer que je viens de lui briser trois os.

— Quel point 4 ? me demande-t-elle une fois la contraction passée.

— Envoyer à Kathy un exemplaire dédicacé de mon roman pour lui rabattre son caquet !

— Ah oui, j'avoue que c'est une belle vengeance !

— Pour le reste, je suis dans le flou total.

— Tu veux mon avis ? Moi je comprends qu'il ne t'ait rien dit. Il ne voulait pas tout mélanger.

— Moui… Ah, et puis il me confirme qu'il n'est plus avec Alexandra. Et il sait qu'elle me l'a dit.

— Tu ne vas pas recommencer avec les « il sait que je sais »… De toute façon, ça fait quelle différence ?

— Eh bien, alors qu'il savait que je savais – t'as raison, ça me donne mal à la tête –, il ne m'a pas appelée. Ce qui prouve qu'il ne souhaite pas me revoir.

— Ou tout simplement qu'il ne savait pas comment tu allais l'accueillir et qu'il n'a pas osé…

— Aussiiiiiiii… Vffff vffff… Ça s'arrête quand ? Je vais mourir !

— Inspire, expire, inspire, expire. Ne te contracte pas.

— Tu en as de bonnes ! On dirait mon gynéco qui me dit « Détendez-vous » le spéculum à la main.

Sans doute pour me distraire – comme si c'était possible de ne plus penser à l'être humain de près de trois kilos qui s'apprête à être expulsé de mon utérus – Nina poursuit :

— Tu penses que quelque chose est encore possible ? Ça t'a fait quoi de lire cette lettre ?

— À peine après l'avoir terminée j'ai perdu les eaux. De là à y voir un lien de cause à effet… Je n'ai pas eu le temps de me poser de questions. Il a juste écrit. S'il voulait me voir, il pouvait m'apporter lui-même la réponse. Et il n'a pas écrit : « Juliette, tu me manques, reviens »… À mon avis, le dossier est clos.

— Ce que tu peux être nouille parfois ! Tu ne crois pas que s'il ne voulait plus te voir, il ne t'aurait rien dit sur sa rupture ? S'il te l'écrit, c'est pour que tu lises entre les lignes. C'est toi la romancière pourtant, non ? Quand tu repenses à lui, aux moments passés ensemble, tu ressens quoi ?

Je réfléchis quelques secondes, entre deux contractions.

— Papillons dans le ventre, jambes ramollooooos. Vffff vffff vffff…

— Eh bien voilà ! Donc, c'est tout vu ! Vous êtes désespérants tous les deux…

De nouveau on frappe à la porte. C'est Marie qui vient m'examiner et, victoire, m'annonce que la dilatation du col a progressé. Sésame pour la péridurale ! Je l'embrasserais presque.

— Je peux te laisser une heure, ma belle ? Lily est chez la voisine pour le moment. Martin est en déplacement, je dois aller la récupérer pour la déposer chez ma mère. Au fait, tu sais ce que m'a dit Martin ? La fameuse Ophélie a viré Marc avec perte et fracas. Elle a découpé tous ses costumes ainsi que le bout de ses chaussures. Il paraît que, le lendemain, Marc a dû venir travailler les orteils à l'air. Et bien sûr Martin n'a pas fait de photo ! Il faut tout leur apprendre…

Je voudrais rire. Hélas…

Faites que ça s'arrête ! J'ai la bouche comme du papier de verre à force d'essayer de respirer. Vffff vffff vffff…

— Nina, est-ce qu'avant de partir tu peux m'amener quelque chose à boire ?

— Euh… Je crois que tu n'as pas le droit de boire…

— Pardon ?! Je souffre, ça va durer douze heures et je ne peux rien boire, ni manger ? C'est quoi cette torture ? Et quand est-ce qu'on prévient les futures mères que ça va se passer comme ça ?

– 36 –

Luc se demande si elle a reçu le courrier. À l'heure actuelle peut-être qu'elle lui en veut encore plus qu'avant.

Il aurait pu le lui apporter en personne, mais il n'a pas osé. Il se sent un peu honteux vis-à-vis d'elle. D'autant que ça n'a pas marché avec Alexandra. Si encore il avait laissé Juliette pour quelque chose de solide. Mais non.

Il n'a pas réussi à voir Alexandra comme il la voyait avant. Il était conscient qu'il serait difficile de faire comme si rien ne s'était passé. Mais il ne pensait pas que ça le serait autant. L'amour ne se commande pas. Il l'avait aimée. Comme un fou. Il avait voulu qu'elle devienne sa femme. Mais elle l'avait quitté pour un autre.

Et lui, il avait fini par rencontrer Juliette.

Juliette qui n'a jamais quitté son esprit. Juliette et son manque de confiance en elle. Juliette et son petit grain de folie. Juliette…

Pourtant, aussi douloureux que cela soit aujourd'hui, il ne regrette rien. Il fallait qu'il redonne une chance à Alexandra. Pour son fils. Il ne se le serait jamais pardonné sinon.

Être papa est pour lui un bonheur immense. Le jour de la naissance de son fils, il lui a promis qu'il serait toujours là. Cette promesse il la tiendra, coûte que coûte. Même s'il ne vit pas avec lui.

De nouveau il repense à Juliette. C'est fou comme on peut avoir quelqu'un dans la peau en si peu de temps. Est-ce qu'elle pourra lui pardonner ?

Est-ce que je me pardonnerais si j'étais à sa place ? Arrête de rêver, mon pauvre Luc ! Tu avais trouvé une fille super et tout est fichu.

Il ne l'a pas même aperçue ces dernières semaines. En ce moment, il part travailler très tôt le matin et rentre tard. Volontairement. Pour ne pas risquer de la croiser. Pour ne pas lui faire de peine. Pour ne pas se faire du mal.

Peut-être qu'il devrait lui envoyer un bouquet de fleurs. Avec une petite carte sur laquelle il écrirait : « Pardonne-moi. »

Il n'a pas été très explicite dans le mot qu'il lui a écrit. Pour ça non plus il n'a pas osé.

Il serait prêt à n'importe quoi pour se faire pardonner. À dîner chez ses parents tous les soirs. À manger ses gâteaux au chocolat brûlés. Il irait même faire des excuses à Marc si elle le lui demandait.

Depuis le matin il tourne en rond dans son appartement. Il espérait tellement que Juliette l'appellerait après avoir reçu le courrier ou qu'elle viendrait le voir qu'il n'a pas bougé de chez lui.

Mais soudain il étouffe, il faut qu'il sorte. Qu'il voie du monde. Qu'il change d'air.

Il enfile une paire de baskets, attrape sa veste et

s'apprête à ouvrir la porte quand son portable vibre dans sa poche. Et si c'était Juliette ?

Numéro inconnu.

La déception lui fait l'effet d'une douche froide.

— Oui.

Sans le vouloir, il a aboyé ce « oui » plus qu'il n'a répondu.

— Luc ? Je te dérange peut-être ? C'est Nina. Tu te souviens de moi ?

— Il est arrivé quelque chose à Juliette ?

— Donc, tu te souviens de moi. Non, rassure-toi, il n'est rien arrivé à Juliette... Enfin pas encore, parce que dans les heures qui viennent...

— Je ne comprends pas...

— Juliette est à la maternité. Elle est sur le point d'accoucher. J'ai pensé que tu aimerais peut-être le savoir.

Le silence s'installe quelques secondes puis Nina poursuit :

— Tu vas sans doute trouver que je me mêle de ce qui ne me regarde pas, mais vous semblez faits l'un pour l'autre. Alors qu'est-ce que tu attends pour courir la rejoindre ?

— Ce n'est pas si simple. Je me suis conduit comme...

— Comme quoi ? Comme un type qui voulait donner une chance à son fils de naître dans une famille unie ? Juliette l'a compris. Bien sûr, ça l'a rendue malheureuse, mais elle sait mieux que personne ce que ça représente.

— Oui, mais au final, je l'ai fait souffrir. Même si ce n'était pas dans mes intentions. Au contraire. Juliette et moi...

— Vous vous aimez ? Si tu veux mon avis, tu la feras souffrir encore plus si tu ne fonces pas maintenant lui dire ce que tu ressens. Elle n'attend que ça.

— Tu crois vraiment qu'elle sera capable de me pardonner ?

— Je connais Juliette, je sais que c'est déjà fait. Mais je sais aussi qu'elle ne fera pas le premier pas. Elle n'osera jamais. Alors la balle est dans ton camp, Luc. Si tu l'aimes vraiment, il te reste une chance de recoller les morceaux.

– 37 –

C'est vrai que la péridurale c'est merveilleux ! Je ressens les contractions mais elles ne sont plus douloureuses.

Nina est revenue il y a quinze minutes, et nous pouvons de nouveau plaisanter comme si de rien n'était. Comme si je n'étais pas sur le point de vivre le truc le plus fou de toute ma vie.

Nous tirons des plans sur la comète pour ma carrière d'écrivain. Je m'imagine en séance de dédicaces, avec une foule d'admirateurs brandissant mon roman. Les gens s'évanouissent à la simple idée de me rencontrer.

— Tu es certaine que c'est une péridurale qu'ils t'ont faite ? Parce que je commence à me poser des questions…

— Et quand je serai riche et célèbre, je m'achèterai un appartement à New York. Avec vue sur Central Park. Ça doit être bon pour l'inspiration !

— Tous les écrivains ne vivent pas à New York, Juliette.

— Je sais, je sais. Mais ce serait génial, tu ne trouves pas ?

— Du moment que tu m'invites de temps en temps

et que tu m'offres le billet d'avion, je veux tout ce que tu veux !

Nous rions. Je suis détendue. En fond sonore, une playlist de Noël que j'ai préparée sur ma tablette – si je n'ai pas bien écouté l'histoire de l'expiration, celle de la musique, en revanche, oui. J'ai toujours adoré le mois de décembre. Les rues illuminées, les vitrines décorées. Cette année les fêtes auront une saveur encore plus particulière.

J'en oublie presque ce qui va se passer dans les prochaines minutes.

Marie vient régulièrement m'examiner. Selon elle, le travail progresse normalement. Chloé sera bientôt dans mes bras. Ça me semble complètement irréel.

Depuis quelques instants les contractions se font plus fortes, et les douleurs ont réapparu.

— Votre col est à dilatation complète, mademoiselle Juliette. Vous allez pouvoir pousser maintenant.

— Mon Dieu, Nina. Ça y est ! J'ai le droit d'avoir peur ? Il est trop tard pour faire autrement, hein ? Et si je ne ressentais rien ? Et si je ne l'aimais pas ? Et si j'étais une mauvaise mère ? Je ne vais pas y arriver, je le sens… Et si je refusais de pousser, on pourrait s'en aller. On irait se balader ? Je n'ai pas encore commencé mes cadeaux de Noël. Non, on irait chez Angelo manger des lasagnes. Je meurs d'envie de manger des lasagnes. Ça fait combien de temps que je n'ai rien avalé ? Au moins deux jours…

— Moi je dirais que ça fait à peine six heures… C'est normal d'avoir peur mais, tu verras, tu vas assurer. Tu seras une maman géniale.

Elle me prend la main et la serre. Ça me réconforte.

— J'en suis certain moi aussi.

Nous tournons la tête vers la porte.

Luc.

Je regarde Nina, elle me fait un clin d'œil puis me sourit.

Luc, en charlotte et blouse lui aussi, s'approche d'un pas hésitant. Il craint sans doute ma réaction. Je ne dis rien. Mais il doit déceler dans mon regard ou dans mon attitude une invitation puisqu'il me prend la main. Je ressens alors comme une vague de chaleur monter en moi.

Luc est là. À mes côtés.

— À la prochaine contraction, il sera temps de pousser. Et votre bébé sera bientôt là.

Je plonge mes yeux dans ceux de Luc. Il n'a pas lâché ma main. J'ai envie de lui dire merci, et cette fois-ci ce ne sera pas un merci de trop.

ÉPILOGUE

Trois mois plus tard

Juliette s'est endormie. Luc la contemple. Elle tient encore le roman qu'elle était en train de lire. Les nuits ne sont pas vraiment reposantes, entre Chloé qui se réveille encore pour téter et Gaël qui est un peu perturbé par tous ces changements. Ils manquent tous de sommeil.

Mais dans l'ensemble, Luc songe qu'ils n'ont pas à se plaindre. Les choses se sont plutôt bien organisées, compte tenu des circonstances. Bien sûr, il n'a pas été simple de convaincre Alexandra d'accepter une garde alternée, encore moins la présence de Juliette aux côtés de son fils, mais ils y sont arrivés.

Alexandra et Juliette ne sont pas devenues amies, elles s'en tiennent aux politesses d'usage. Mais qu'importe. Ce qui compte, c'est que chacune a accepté l'existence de l'autre. Alexandra restera la mère de son fils. Et Juliette… Juliette est sans doute la femme de sa vie… et la mère de Chloé.

Si quelqu'un lui avait dit lorsqu'il a emménagé dans

cet immeuble que, dix-huit mois plus tard, il serait papa et amoureux, il n'y aurait pas cru. Pourtant.

La première fois qu'il a aperçu Juliette, elle rentrait chez elle, un soir, les yeux baissés, comme si tout en elle s'excusait d'exister. Il ne sait même pas si ce jour-là elle a entendu le bonsoir qu'il lui a adressé. Ils se sont croisés ainsi pendant plusieurs semaines, elle rougissant, le pas rapide, lui tentant de capter son regard.

Jusqu'à ce jour où elle a fait un malaise dans le hall. Ce n'était pas comme ça qu'il avait imaginé leur première rencontre, mais c'était l'occasion. Il a donné son numéro de téléphone à Nina pour qu'elle le tienne au courant ou puisse l'appeler en cas de besoin. C'est finalement grâce à ce malaise qu'elle a pu lui téléphoner à la naissance de Chloé. Il lui en sera à jamais reconnaissant.

La Juliette qu'il aime aujourd'hui n'était pas cachée très loin derrière la petite fille sage, bien sous tous rapports. Ce personnage était devenu trop étroit pour elle, depuis trop longtemps. Il a suffi d'un rien, d'un merci, pour qu'elle s'émancipe enfin. Pour qu'elle se lance dans l'écriture du roman dont elle rêvait, pour qu'elle ose sortir du rang et qu'elle l'assume.

Ce merci lui a permis de faire la connaissance d'une fille attachante, drôle, même un peu délurée.

Franchement, ce dîner avec ses parents c'était un grand moment. Il en garde un souvenir amusé. Il a conscience d'avoir un peu abusé de la situation, mais c'était tellement drôle de la voir se débattre pour s'en sortir !

Ce soir-là, il a bien vu que tout cela amusait aussi beaucoup son père. Ils sont devenus bons amis depuis.

Désormais, chaque fois qu'ils vont dîner chez eux, la mère de Juliette lui demande s'il travaille toujours dans l'édition. Elle ne s'en remettra jamais. Acteur de films érotiques, il se demande encore comment l'idée lui est venue.

Le livre que tient Juliette lui échappe des mains, elle ouvre brièvement les yeux et se rendort aussitôt.

Elle est belle. Comment a-t-elle pu douter d'elle toutes ces années ?

Les lumières du babyphone se mettent à clignoter. Chloé se réveille de sa sieste. Il se lève pour aller la chercher et laisser à Juliette quelques minutes de sommeil supplémentaires.

À travers les barreaux de son lit, Chloé voit arriver Luc et l'accueille avec un grand sourire. C'est une véritable bouffée d'amour chaque fois. Est-ce qu'un jour il se lassera de leurs sourires, de leur odeur, de leur présence ?

— Viens là, ma belle ! Eh bien, tu as fait une grosse sieste. On va essayer de ne pas faire trop de bruit.

— Trop tard !

Juliette se tient dans l'embrasure de la porte, le babyphone à la main. Elle sourit.

— C'est moi qui t'ai réveillée ?

— Non, ne t'inquiète pas. Tu sais, quand je te vois avec Chloé, je me dis que j'ai vraiment beaucoup de chance. Je m'étais préparée à vivre tout ça seule. C'est tellement mieux à deux ! Je ne remercierai jamais assez Nina.

— C'est drôle, j'y pensais aussi pendant que tu dormais, et je me suis souvenu que je lui avais donné mon numéro le soir où tu m'as vomi dessus…

— Ah oui ? Je me demandais comment elle l'avait

eu. C'est donc grâce à Chloé ! Elle a changé ma vie de bien des manières finalement…

— En parlant de Chloé, je sens une odeur suspecte. Je crois qu'il est temps que papa te change, ma fille.

Il attrape le bébé et se tourne vers Juliette. Elle s'est figée et semble émue.

— J'ai dit quelque chose qu'il ne fallait pas ?

— « Papa » et « ma fille »…

— Justement, je voulais te faire la surprise. Je suis allé à la mairie aujourd'hui… Pour me renseigner sur la reconnaissance de Chloé. Je sais que je ne suis pas son père, mais j'ai envie de l'être, de la même manière que je suis celui de Gaël. Alors si tu es d'accord…

— Bien sûr que tu es son père ! Et je n'en aurais pas rêvé de meilleur.

Luc s'approche d'elle et soulève son menton. Comme la première fois où il l'a embrassée.

— Mademoiselle Mallaury, je crois que je vous aime.

Remerciements

Ceux qui me connaissent savent à quel point cette page de remerciements est importante pour moi. C'est toujours ce que je lis en premier lorsque je commence un roman.

Et là, maintenant que c'est à moi d'en écrire une, je suis un peu tétanisée. Il y a tant de personnes à remercier. Et j'ai si peur d'en oublier.

Tout d'abord un grand merci à Librinova, et tout particulièrement à Laure Prételat et Charlotte Allibert. Se lancer dans l'écriture, c'est se mettre à nu et aussi se connaître un peu mieux. Je sais aujourd'hui ce qui compte pour moi, ce qui a de l'importance : la bienveillance, l'assurance que l'on croit en moi. Et ça, je l'ai trouvé chez Librinova. Vous êtes mes marraines les bonnes fées. Un grand merci pour vos mots, vos encouragements. Ça compte énormément pour moi. Je ne l'oublierai jamais.

Merci aux Éditions Michel Lafon, à Elsa Lafon, de m'avoir offert cette immense chance de réaliser mon rêve d'enfant. Et quoi de mieux qu'une maison d'édition comme celle-ci pour le faire ? J'ai là aussi trouvé un accueil chaleureux et un accompagnement qui n'a pas de prix.

Merci à Cécile Majorel, mon éditrice (hiiiiiii !), qui a repris le manuscrit avec moi, m'a encouragée, a ri de mes bêtises. Merci à elle d'avoir aimé Juliette. Merci pour ces heures de travail. Merci pour cet œil de lynx toujours juste. Sauf pour les ascenseurs… Eh oui, les ascenseurs ont des freins.

Merci à Florian Lafani et à Denis Bouchain, pour votre patience et vos réponses à mes nombreux mails enthousiastes et flippés.

Merci à Angélique. Je n'oublie pas que c'est toi qui au départ m'as proposé une phrase pour la rubrique de nouvelles sur le blog. Une phrase qui a donné naissance à Juliette. Ni toi ni moi ne nous doutions à ce moment-là que cette Juliette prendrait autant d'importance. Je t'aime, ma belle.

Merci à la #TeamJuliette sur Twitter qui s'est enthousiasmée chaque semaine pour les aventures de Juliette. Il s'agissait d'épisodes postés chaque vendredi, et c'est aussi grâce à vous qu'aujourd'hui *Un merci de trop* est un roman. Si vous n'aviez pas été là pour croire, peut-être encore plus que moi, en ce personnage, elle ne serait sans doute pas là aujourd'hui. Bénédicte, Amandine, Anne, Delphine, Marie, Aurélie, Christelle, Fanny, Christine… Pardon pour toutes celles que j'oublie.

Merci à Cédric, *alias* Monsieur Caillou, qui a accepté d'abandonner le tome 3 de *Game of Thrones* pour lire mon roman. Merci pour ton retour critique structuré et bienveillant.

Merci à Marilyse Trécourt, auteure et désormais amie. Nous partageons tellement de choses, toi et moi. Nos doutes, nos craintes, nos peurs. Mais aussi l'amour des mots et des histoires. Je suis chanceuse de t'avoir rencontrée. Et j'espère que l'on continuera longtemps à se lire et à se relire l'une l'autre. De tous nos échanges concernant Juliette, je garde en mémoire cette magnifique phrase : « On a beau être vingt-cinq, *on a couché* ne prend pas de *s*. »

Merci à Karine, ma collègue adorée. Pour tes encouragements, pour nos échanges, pour tes analyses toujours très justes.

Merci à Marie Perarnau. Tu as été la première à lire mes mots. Et par la suite, tu m'as toujours encouragée. Tu sais combien j'admire ta plume. Merci d'être celle que tu es et d'être là pour moi.

Merci à Marie Vareille. Pour tes remarques judicieuses, tes conseils, ton regard de romancière, ta simplicité, ta gentillesse.

Merci à Hélène, Séverine et Emmanuelle. Quelle chance j'ai de vous avoir dans ma vie. Je vous aime infiniment.

Merci à mes parents et à mes frères. Merci de m'avoir aidée à devenir celle que je suis. Maman, merci de m'avoir transmis le goût de la lecture et d'avoir toujours été là.

Et surtout, merci à mon homme. Le père de mes deux merveilleux enfants. Celui qui partage ma vie depuis plus de quinze ans. Quand je disais : « Si un jour je suis publiée », tu rectifiais toujours : « Quand tu seras publiée ». Tu avais raison. Aujourd'hui, ce roman est publié. Et c'est magique. Tu es toujours là pour m'encourager, pour me dire de ne pas écouter les autres. Tu deviendrais mauvais si on me faisait du mal. Je ne serais capable de rien sans toi. Je t'aime. Moi aussi plus que tout.

Cet ouvrage a été composé et mis en page
par Nord Compo à Villeneuve-d'Ascq

Imprimé en France par CPI
en décembre 2021
N° d'impression : 3046060

Pocket – 92 avenue de France, 75013 PARIS

Dépôt légal : juin 2017
Suite du premier tirage : décembre 2021
S27291/10